AS IMPUREZAS DO BRANCO

AS IMPUREZAS DO BRANCO

CARLOS DRUMMOND DE ANDRADE

POSFÁCIO DE
BRUNA LOMBARDI

nova edição

EDITORA RECORD
RIO DE JANEIRO • SÃO PAULO

2022

CONSELHO EDITORIAL
Afonso Borges, Edmílson Caminha,
Livia Vianna, Luis Mauricio Graña Drummond,
Pedro Augusto Graña Drummond,
Roberta Machado, Rodrigo Lacerda
e Sônia Machado Jardim

PROJETO GRÁFICO DE CAPA E MIOLO
Leonardo Iaccarino

FIXAÇÃO DE TEXTO
Edmílson Caminha

CRONOLOGIA
José Domingos de Brito (criação)
Marcella Ramos (checagem)

BIBLIOGRAFIAS
Alexei Bueno

AUTOCARICATURA (LOMBADA)
Carlos Drummond de Andrade, 1961

FOTO DRUMMOND (ORELHA)
Arquivos Carlos Drummond de Andrade /
Fundação Casa de Rui Barbosa

CIP-BRASIL. CATALOGAÇÃO NA PUBLICAÇÃO
SINDICATO NACIONAL DOS EDITORES DE LIVROS, RJ

A566i
12ª ed.

Andrade, Carlos Drummond de, 1902-1987
As impurezas do branco / Carlos Drummond de Andrade. – 12. ed. –
Rio de Janeiro : Record, 2022.

Inclui bibliografia e índice
ISBN 978-65-5587-522-5

1. Poesia brasileira. I. Título.

22-78264

CDD: 869.1
CDU: 82-1(81)

Gabriela Faray Ferreira Lopes - Bibliotecária - CRB-7/6643

Carlos Drummond de Andrade © Graña Drummond
www.carlosdrummond.com.br

Todos os direitos reservados. Proibida a reprodução, armazenamento ou transmissão de partes deste livro, através de quaisquer meios, sem prévia autorização por escrito.

Texto revisado segundo o Acordo Ortográfico da Língua Portuguesa de 1990.

Direitos exclusivos desta edição reservados pela
EDITORA RECORD LTDA.
Rua Argentina, 171 – Rio de Janeiro, RJ – 20921-380 – Tel.: (21) 2585-2000.

Impresso no Brasil

ISBN 978-65-5587-522-5

Seja um leitor preferencial Record.
Cadastre-se em www.record.com.br e receba informações
sobre nossos lançamentos e nossas promoções.

Atendimento e venda direta ao leitor:
sac@record.com.br

SUMÁRIO

9 Ao deus Kom Unik Assão
14 Diamundo
26 O homem; as viagens
29 Confissão
30 O nome
32 Declaração em juízo
36 Essas coisas
37 Papel
38 Viver
39 Duração
40 Parolagem da vida
43 Amor e seu tempo
44 Quero
46 Ainda que mal
47 Paisagem: como se faz
49 O museu vivo
51 O pagamento
56 Acorda, Maria
61 Desabar
62 A dupla situação
63 Moinho
64 Meninos suicidas
65 Vida depois da vida
66 Único
67 O deus de cada homem

68	Deus triste
69	Quixote e Sancho, de Portinari
85	Tiradentes
88	Beethoven
90	Homenagem
91	Ausência de Rodrigo
93	O poeta irmão
96	Desligamento do poeta
98	Entre Noel e os índios
101	Brasil / Tarsila
104	Motivos de Bianco
106	Fayga Ostrower
108	Pintura de Wega
109	Canto brasileiro
112	Canto mineral
118	A palavra Minas
119	Fim de feira
120	O mar, no living
122	Livraria
124	Verão carioca 73
125	Vênus
127	O passarinho em toda parte
129	Aspectos de uma casa

133	Posfácio, *por Bruna Lombardi*
141	Cronologia: Na época do lançamento (1970-1976)
157	Bibliografia de Carlos Drummond de Andrade
165	Bibliografia sobre Carlos Drummond de Andrade (seleta)
175	Índice de primeiros versos

AS IMPUREZAS DO BRANCO

AO DEUS KOM UNIK ASSÃO

Eis-me prostrado a vossos peses
que sendo tantos todo plural é pouco.
Deglutindo gratamente vossas fezes
vai-se tornando são quem era louco.
Nem precisa cabeça pois a boca
nasce diretamente do pescoço
e em vosso esplendor de auriquilate
faz sol o que era osso.

Genucircunflexado vos adouro
vos amouro, a vós sonouro
deus da buzina & da morfina
que me esvaziais enchendo-me de flato
e flauta e fanopeia e fone e feno.
Vossa pá lavra o chão de minha carne
e planta beterrabos balouçantes
de intenso carneiral belibalentes
em que disperso espremo e desexprimo
o que em mim aspirava a ser eumano.

Salve, deus compato
cinturão da Terra
calça circular
unissex, rex
do lugarfalar
comum.

Salve, meio-fim
de finrinfinfim
plurimelodia
distriburrida no planeta.

Nossa goela sempre sempre sempre escãocarada
engole elefantes
engole catástrofes
tão naturalmente como se.
E PEDE MAIS.

A carne pisoteada de cavalos reclama
pisaduras mais.
A vontade sem vontade encrespa-se exige
contravontades mais.
E se consome no consumo.

Senhor dos lares
e lupanares
Senhor dos projetos
e do pré-alfabeto
Senhor do ópio
e do cor-no-copo
Senhor! Senhor!
De nosso poema fazei uma dor
que nos irmane, Manaus e Birmânia
pavão e Pavone
pavio e povo
pangaré e Pan
e Ré Dó Mi Fá Sol-
apante salmoura
n'alma, cação podrido.
Tão naturalmente como se

como ni
ou niente.

Se estou doente, devo estar doentes.
Se estou sozinho, devo estar desertos.
Se estou alegre, devo estar ruidosos.
Se estou morrendo, devo estar morrendos?

Compro. Sou
geral.
É pouco?
Multi
versal.
É nada?
Sou
al.

Dorme na tumba a cultura oral.
Era uma vez a cultura visual.
Quando que vem a cultura anal
na recomposta aldeia tribal?

O meio é a mensagem
O meio é a massagem
O meio é a mixagem
O meio é a micagem
A mensagem é meio
de chegar ao Meio.
O Meio é o ser
em lugar dos seres,
isento de lugar,
dispensando meios
de fluorescer.

Salve, Meio. Salve, Melo.
A massa vos saúda
em forma de passa.

Não quero calar junto do amigo.
Não quero dormir abraçado
ao velho amor.
Não quero ler a seu lado.
Não quero falar
a minha palavra
a nossa palavra.
Não quero assoviar
a canção parceria
de passarinho/aragem.
Quero komunikar
em código
descodificar
recodificar
eletronicamente.

Se komuniko
que amorico
me centimultiplico
scotch no bico
paparico
rio rico
salpico
de prazer meu penico
em vosso honor, ó Deus komunikão.

Farto de komunikar
na pequenina taba
subo ao céu em foguete

até a prima solidão
levando o som
a cor, o pavilhão
da komunikânsia
interplanetária interpatetal.
Convoco os astros
para o coquetel
os mundos esparsos
para a convenção
a inocência das galáxias
para a notícia
a nivola
o show de bala
o sexpudim
o blablabum.

E quando não restar
o mínimo ponto
a ser detectado
a ser invadido
a ser consumido
e todos os seres
se atomizarem na supermensagem
do supervácuo
e todas as coisas
se apagarem no circuito global
e o Meio
deixar de ser Fim e chegar ao fim,
Senhor! Senhor!
quem vos salvará
de vossa própria, de vossa terríbil
estremendona
inkomunikhassão?

DIAMUNDO
24h de informação na vida do jornaledor

Tempo
nublado em Amsterdã, temperatura 2ºC
nublado em Frankfurt am Main, 4ºC
chuva em Londres, 5ºC
nublado em Moscou, menos 10ºC
nublado em Telavive e Beirute, 18ºC
bom em Hong Kong, 22ºC
chuva em Nova York, 2ºC
neve em Montreal, menos 8ºC
nublado em Lima, 22ºC
nublado em Buenos Aires, 30ºC
bom no Rio de Janeiro, 40ºC
Cariocas terão praia espetacular

Índice de poluição
na Rodoviária de São Paulo:
12:6 satisfatório
Na Rua Tamandaré 693
15:7 insatisfatório
Recorde de partículas no centro do Rio de Janeiro
em torno do Palácio da Justiça

Crise monetária superada
até a próxima vez

14

A China é azul
no Teatro Ipanema

Teólogos holandeses observam:
Jesus
jamais se declarou Deus

Anunciamos uma vida melhor
no Alto da Consolação:
2 apartamentos por andar
acabamento personalizado
3 bucólicos espaçosos dormitórios
e respectivos banheiros sociais
metais de linha italiana
área de serviço com A e S maiúsculos
Condições?
Conversando a gente se entende

Nossa opinião:
Os números referentes à expansão
do crédito ao consumidor
e a política de diversificação
de polos de desenvolvimento
mantida a taxa anual de 10%
de crescimento do PIB
com fundos mútuos de investimento
servindo de suporte
à criação do mercado de milagres
digo preferenciais ao portador
em ritmo agressivo
e tal e coisa
e blá
e blé
e blu

Hactyphonix acoplado
a qualquer sistema telefônico
usa a memória
para você não perder
a cabeça

Mortalidade infantil decresce
em países do 3º mundo
mas a dieta dos sobreviventes
diz J. M. Bengos da Organização Mundial de Saúde
continua deficitária
e os cromossomos se alteram
nas crianças malnutridas
segundo pesquisadores mexicanos

Companhia de seguros vende carros trombados

Sociedade de Defesa da Tradição
Família e Propriedade
volta à rua três anos depois
para combater cursilhos

Você que gosta
dos prédios de estilo neoclássico
e colonial americano
que Adolfo Lintermeyer construiu
vai gostar ainda mais
do seu novo, soberbo
estilo mediterrâneo

Grileiros roubam
um milhão de hectares no Maranhão
com escrituras primorosamente falsas

Pode-se admitir
nos dias que vivemos
paquerar sem carro?
Revendedor Relâmpago resolve

Ainda mínima nossa exportação de banana:
menos de 2%
de 492.900 toneladas de cachos produzidos

Oportunidade para
operadora Olivetti
operadora Ruff
operadora Burroughs
operador Ascotta

Imposto de Renda investiga
vida e luxo de 49.000 sonegadores

Técnicas sofisticadas
de rastrear objetos no espaço
revelam
cometas e asteroides perdidos
(supunha-se) para sempre

No Conjunto Blue Moon moram com você
o fabuloso Marlon Brando
Rachel Welch, Cantinflas, Tom & Jerry
Liza Minnelli, Gian Maria Volonté
e quantos mais e todos todas
à hora que quiser pode mandá-los
embora sem problema
Conjunto Blue Moon tem uma sala
de projeção para você

Uma flauta emudece: Pixinguinha

Se Rui Barbosa desse aulas em cursinho
seria neste aqui

Liquidação de eletrodomésticos
ofertas de
 perder o sono
  derrubar por nocaute
   matar do coração

323 casos de afogamento
no feriado nacional

Não precisa arranjar
empregada pequena:
ela cabe no quarto

Piloto alemão no Polo Norte
alimenta-se de carne de enfermeira

Apresentamos a primeira calça brasileira
que desbota
e perde o vinco

Conquista do Planeta dos Macacos
Esta pequena é uma parada
Mazzaropi caipira em Bariloche
O insaciável Marquês de Sade
com suas orgias que até hoje corrompem o mundo
no Cine Ajax.

Japonês em Gigu mata a punhal
dois filhos paralíticos quarentões:
— No dia em que eu morrer, quem tomaria
conta deles?

Grupo Sabiá requer área de ouro
em Rondônia
onde garimpeiro não entra

Apartamento de fino gosto
procura
família de fino trato
Vale a pena atender ao chamado no Sumaré

Morre no Recife carnaval dos frevos

Moça para contato junto a engenheiros e arquitetos
Moça para pesquisa de mercado
Moça para acabamento em laboratório fotográfico a cores
Moça de boa aparência, 25 anos no máximo
para servir café a executivos

Polícia Federal no Rio Grande do Norte
apreende caminhão com 55 lavradores
vendidos ao preço unitário de 60 cruzeiros
ao fazendeiro Zé Ricota de Goiás

Compre 160.000 quilômetros de Europa
por apenas 130 dólares
percorrendo 13 países
em 3 semanas
em trem de 1ª classe
à velocidade máxima de 160 quilômetros a hora

Aumenta a dimensão da crise petrolífera

Dê uma colher de chá aos ricos
Vá morar com eles
no Jardim Sul-América

Vedado o cultivo de papoula
na Turquia
mas a Bolívia exporta cada vez mais
coca

Empresa de âmbito nacional necessita
selecionador de pessoal
analista de treinamento
analista de projetos de diversificação
assistente de custos industriais
administrador de salários
secretária portinglês
de amplo background intelectual
telefonista jap-port
terapeuta ocupacional
contínuo maior
contínuos menores

Bairro nota 10
em questão de sossego
ruazinha sem trânsito
sem barulho nenhum
sem prédios vizinhos
hoje e sempre:
Este é para quem sabe
comprar apartamento
Depois não diga
que não o prevenimos

Ilona Papicsik, 25, professora
para fins didáticos ficou nua
em classe mista de 4 a 12 anos
Malgrado a perfeição extrema de seu corpo
é processada em Swansea

Nada como comprar
carro novo com dinheiro dos outros

Argentina suspende estado de sítio
por 24 horas
para que haja eleições livres

Você tem 80 meses para pagar
$350m^2$ de ideologia de conforto
na Barra da Tijuca

Mulher nega-se a dançar
é morta com 12 facadas

Ao Menino Jesus de Praga
agradeço a graça conseguida
Ao glorioso São Judas Tadeu
agradeço a graça alcançada
A Nossa Senhora das Graças
de joelhos agradeço a graça recebida

Em volta do seu edifício
num raio de 80 metros você tem
o melhor pão de São Paulo
haute coiffure
médicos dentistas farmácias
ruas fantasticamente arborizadas
Que mais que você quer?

Povo lincha ladrão
a soco a pé a pau
e reparte 240 cruzeiros que ele roubou

Receita para o lanche de domingo:
sopa gelada de pepino
bife com pão torrado e catary
rocambole de laranja

Programador IBM/3
conhecendo RPG
Cobol
e programação com memória de massa
Processador de produção
Supervisor de programação de produção
Perseguidor de compra
Conciliador bancário
Reconciliador bancário

Auditor sênior
& júnior
Analista de Software com profundos conhecimentos
de Assembler, de preferência O&S e PL/1
Engenheiro de produção com espírito analítico
e comunicabilidade

Bandera de siô meu pai
novo LP de Tatá Molejo
é o quente:
Bandera de siô meu pai
tem treis siná.

Meu pai é rei do Coló
é rei do má.

21 presos trucidam na cela
dois companheiros que dormiam

Compre
18 graus de conforto da Lagoa Rodrigo de Freitas
De qualquer andar uma visão maravilhosa

O mundo pode parar
Há falta de petróleo

E volta, milenário, o jogo de gamão

Precisa-se com urgência
homens de venda
homens de venda
homens de venda
homens de venda
homens de venda

Médico pretende
esterilizar jovens diabéticos

Nesta cobertura você vai descobrir
novo conceito de viver
living em duplo L e 3 ambientes
música FM na área social
acabamento para não acabar nunca
piscina jardim
montanhas ao longe
sem aumento de preço

Exercícios
para o melhor desempenho sexual
do homem e da mulher
em todas as bancas

Armando Nogueira previne:
Fischer é capaz
de comer o gramado
e arrancar a dentada
as traves adversas
Ele é muito capaz

Jazigos familiares
em cômodas prestações desde Cr$ 160,00
Play Strindberg
o genro que era nora

Vida encarece em Betim
com a notícia da fábrica da Fiat

Pequenininho
lindinho
baratinho
enfim aquele apartamento para quem gosta
de diminutivos
e já decidiu o tamanho
da família

Vênus em trígono: muitas alegrias
para Leão.
Aquário, aproveite
a onda de charme que o invadirá,
para atrair o homem certo.

Prudência, Touro, olha os assuntos monetários.
Libra: seus parentes estão de mau humor.
Possível angústia; controle-se,
Capricórnio.

Na data de hoje nenhum santo
é comemorado pela Igreja.

Obá é manja é mambá
Ô mira ô mira ô tim tim
Minha fé ô bara ô tolu
Para lô cotumbê Euá

Viúva fluminense, 37, almeja
travar relação de alto nível
com senhor de maneiras aristocráticas
tendo em vista somente
pura degustação intelectual.

Bomba francesa explode
no Pacífico
Sequestrador faz explodir avião

Nasce em Bogotá um menino
inteiramente verde-mar.

UPI-AP-AFP-ANSA-JB

O HOMEM; AS VIAGENS

O homem, bicho da Terra tão pequeno
chateia-se na Terra
lugar de muita miséria e pouca diversão,
faz um foguete, uma cápsula, um módulo
toca para a Lua
desce cauteloso na Lua
pisa na Lua
planta bandeirola na Lua
experimenta a Lua
coloniza a Lua
civiliza a Lua
humaniza a Lua.

Lua humanizada: tão igual à Terra.
O homem chateia-se na Lua.
Vamos para Marte – ordena a suas máquinas.
Elas obedecem, o homem desce em Marte
pisa em Marte
experimenta
coloniza
civiliza
humaniza Marte com engenho e arte.

Marte humanizado, que lugar quadrado.
Vamos a outra parte?
Claro – diz o engenho

sofisticado e dócil.
Vamos a Vênus.
O homem põe o pé em Vênus,
vê o visto – é isto?
idem
idem
idem.

O homem funde a cuca se não for a Júpiter
proclamar justiça junto com injustiça
repetir a fossa
repetir o inquieto
repetitório.

Outros planetas restam para outras colônias.
O espaço todo vira Terra-a-terra.
O homem chega ao Sol ou dá uma volta
só para tever?
Não-vê que ele inventa
roupa insiderável de viver no Sol.
Põe o pé e:
mas que chato é o Sol, falso touro
espanhol domado.

Restam outros sistemas fora
do solar a col-
onizar.
Ao acabarem todos
só resta ao homem
(estará equipado?)
a dificílima dangerosíssima viagem
de si a si mesmo:
pôr o pé no chão

do seu coração
experimentar
colonizar
civilizar
humanizar
o homem
descobrindo em suas próprias inexploradas entranhas
a perene, insuspeitada alegria
de con-viver.

CONFISSÃO

É certo que me repito,
é certo que me refuto
e que, decidido, hesito
no entra-e-sai de um minuto.

É certo que irresoluto
entre o velho e o novo rito,
atiro à cesta o absoluto
como inútil papelito.

É tão certo que me aperto
numa tenaz de mosquito
como é trinta vezes certo
que me oculto no meu grito.

Certo, certo, certo, certo
que mais sinto que reflito
as fábulas do deserto
do raciocínio infinito.

É tudo certo e prescrito
em nebuloso estatuto.
O homem, chamar-lhe mito
não passa de anacoluto.

O NOME

Estão demolindo
o edifício em que não morei.
Tinha um nome
somente meu.

Meu, de mais ninguém
o edifício
não era meu.

Rápido passando
por sua fachada,
lia o nome
que era e é meu.

Cai o teto,
ruem paredes
internas.
Continua o nome
vibrando entre janelas
buracos.

Sigo a destruição
de meu edifício.
Amanhã o nome
letra por letra
se desletrará.

Ficará em mim
o nome que é meu?
Ficarei
para preservá-lo?

Amanhã o galo
cantará o fim
do que no edifício
e numa pessoa
cabe em um nome
e é mais do que nome?

DECLARAÇÃO EM JUÍZO

Peço desculpa de ser
o sobrevivente.
Não por longo tempo, é claro.
Tranquilizem-se.
Mas devo confessar, reconhecer
que sou sobrevivente.
Se é triste/cômico
ficar sentado na plateia
quando o espetáculo acabou
e fecha-se o teatro,
mais triste/grotesco é permanecer no palco,
ator único, sem papel,
quando o público já virou as costas
e somente baratas
circulam no farelo.

Reparem: não tenho culpa.
Não fiz nada para ser
sobrevivente.
Não roguei aos altos poderes
que me conservassem tanto tempo.
Não matei nenhum dos companheiros.
Se não saí violentamente,
se me deixei ficar ficar ficar,
foi sem segunda intenção.

Largaram-me aqui, eis tudo,
e lá se foram todos, um a um,
sem prevenir, sem me acenar,
sem dizer adeus, todos se foram.
(Houve os que requintaram no silêncio.)
Não me queixo. Nem os censuro.
Decerto não houve propósito
de me deixar entregue a mim mesmo,
perplexo,
desentranhado.
Não cuidaram de que um sobraria.
Foi isso. Tornei, tornaram-me
sobre-vivente.

Se se admiram de eu estar vivo,
esclareço: estou sobrevivo.
Viver, propriamente, não vivi
senão em projeto. Adiamento.
Calendário do ano próximo.
Jamais percebi estar vivendo
quando em volta viviam quantos! quanto.
Alguma vez os invejei. Outras, sentia
pena de tanta vida que se exauria no viver
enquanto o não viver, o sobreviver
duravam, perdurando.
E me punha a um canto, à espera,
contraditória e simplesmente,
de chegar a hora de também
viver.

Não chegou. Digo que não. Tudo foram ensaios,
testes, ilustrações. A verdadeira vida
sorria longe, indecifrável.

Desisti. Recolhi-me
cada vez mais, concha, à concha. Agora
sou sobrevivente.

Sobrevivente incomoda
mais que fantasma. Sei: a mim mesmo
incomodo-me. O reflexo é uma prova feroz.
Por mais que me esconda, projeto-me,
devolvo-me, provoco-me.
Não adianta ameaçar-me. Volto sempre,
todas as manhãs me volto, viravolto
com exatidão de carteiro que distribui más notícias.
O dia todo é dia
de verificar o meu fenômeno.
Estou onde não estão
minhas raízes, meu caminho:
onde sobrei,
insistente, reiterado, aflitivo
sobrevivente
da vida que ainda
não vivi, juro por Deus e o Diabo, não vivi.

Tudo confessado, que pena
me será aplicada, ou perdão?
Desconfio nada pode ser feito
a meu favor ou contra.
Nem há técnica
de fazer, desfazer
o infeito infazível.
Se sou sobrevivente, sou sobrevivente.
Cumpre reconhecer-me esta qualidade
que finalmente o é. Sou o único, entendem?
de um grupo muito antigo

de que não há memória nas calçadas
e nos vídeos.
Único a permanecer, a dormir,
a jantar, a urinar,
a tropeçar, até mesmo a sorrir
em rápidas ocasiões, mas garanto que sorrio,
como neste momento estou sorrindo
de ser – delícia? – sobrevivente

É esperar apenas, está bem?
que passe o tempo de sobrevivência
e tudo se resolva sem escândalo
ante a justiça indiferente.
Acabo de notar, e sem surpresa:
não me ouvem no sentido de entender,
nem importa que um sobrevivente
venha contar seu caso, defender-se
ou acusar-se, é tudo a mesma
nenhuma coisa, e branca.

ESSAS COISAS

"Você não está mais na idade
de sofrer por essas coisas."

Há então a idade de sofrer
e a de não sofrer mais
por essas, essas coisas?

As coisas só deviam acontecer
para fazer sofrer
na idade própria de sofrer?

Ou não se devia sofrer
pelas coisas que causam sofrimento
pois vieram fora de hora, e a hora é calma?

E se não estou mais na idade de sofrer
é porque estou morto, e morto
é a idade de não sentir as coisas, essas coisas?

PAPEL

E tudo que eu pensei
e tudo que eu falei
e tudo que me contaram
era papel.

E tudo que descobri
amei
detestei:
papel

Papel quanto havia em mim
e nos outros, papel
de jornal
de parede
de embrulho
papel de papel
papelão.

VIVER

Mas era apenas isso,
era isso, mais nada?
Era só a batida
numa porta fechada?

E ninguém respondendo,
nenhum gesto de abrir:
era, sem fechadura,
uma chave perdida?

Isso, ou menos que isso,
uma noção de porta,
o projeto de abri-la
sem haver outro lado?

O projeto de escuta
à procura de som?
O responder que oferta
o dom de uma recusa?

Como viver o mundo
em termos de esperança?
E que palavra é essa
que a vida não alcança?

DURAÇÃO

O tempo era bom? Não era.
O tempo é, para sempre.
A hera da antiga era
roreja incansavelmente.

Aconteceu há mil anos?
Continua acontecendo.
Nos mais desbotados panos
estou me lendo e relendo.

Tudo morto, na distância
que vai de alguém a si mesmo?
Vive tudo, mas sem ânsia
de estar amando e estar preso.

Pois tudo enfim se liberta
de ferros forjados no ar.
A alma sorri, já bem perto
da raiz mesma do ser.

PAROLAGEM DA VIDA

Como a vida muda.
Como a vida é muda.
Como a vida é nula.
Como a vida é nada.
Como a vida é tudo.
Tudo que se perde
mesmo sem ter ganho.
Como a vida é senha
de outra vida nova
que envelhece antes
de romper o novo.
Como a vida é outra
sempre outra, outra
não a que é vivida.
Como a vida é vida
ainda quando morte
esculpida em vida.
Como a vida é forte
em suas algemas.
Como dói a vida
quando tira a veste
de prata celeste.
Como a vida é isto
misturado àquilo.
Como a vida é bela
sendo uma pantera

de garra quebrada.
Como a vida é louca
estúpida, mouca
e no entanto chama
a torrar-se em chama.
Como a vida chora
de saber que é vida
e nunca nunca nunca
leva a sério o homem,
esse lobisomem.
Como a vida ri
a cada manhã
de seu próprio absurdo
e a cada momento
dá de novo a todos
uma prenda estranha.
Como a vida joga
de paz e de guerra
povoando a terra
de leis e fantasmas.
Como a vida toca
seu gasto realejo
fazendo da valsa
um puro Vivaldi.
Como a vida vale
mais que a própria vida
sempre renascida
em flor e formiga
em seixo rolado
peito desolado

coração amante.
E como se salva
a uma só palavra
escrita no sangue
desde o nascimento:
amor, vidamor!

AMOR E SEU TEMPO

Amor é privilégio de maduros
estendidos na mais estreita cama,
que se torna a mais larga e mais relvosa,
roçando, em cada poro, o céu do corpo.

É isto, amor: o ganho não previsto,
o prêmio subterrâneo e coruscante,
leitura de relâmpago cifrado,
que, decifrado, nada mais existe

valendo a pena e o preço do terrestre,
salvo o minuto de ouro no relógio
minúsculo, vibrando no crepúsculo.

Amor é o que se aprende no limite,
depois de se arquivar toda a ciência
herdada, ouvida. Amor começa tarde.

QUERO

Quero que todos os dias do ano
todos os dias da vida
de meia em meia hora
de 5 em 5 minutos
me digas: Eu te amo.

Ouvindo-te dizer: Eu te amo,
creio, no momento, que sou amado.
No momento anterior
e no seguinte,
como sabê-lo?

Quero que me repitas até a exaustão
que me amas que me amas que me amas.
Do contrário evapora-se a amação
pois ao dizer: Eu te amo,
desmentes
apagas
teu amor por mim.

Exijo de ti o perene comunicado.
Não exijo senão isto,
isto sempre, isto cada vez mais.

Quero ser amado por e em tua palavra
nem sei de outra maneira a não ser esta
de reconhecer o dom amoroso,

a perfeita maneira de saber-se amado:
amor na raiz da palavra
e na sua emissão,
amor
saltando da língua nacional,
amor
feito som
vibração espacial.

No momento em que não me dizes:
Eu te amo,
inexoravelmente sei
que deixaste de amar-me,
que nunca me amaste antes.

Se não me disseres urgente repetido
Eu te amoamoamoamoamo,
verdade fulminante que acabas de desentranhar,
eu me precipito no caos,
essa coleção de objetos de não-amor.

AINDA QUE MAL

Ainda que mal pergunte,
ainda que mal respondas;
ainda que mal te entenda,
ainda que mal repitas;
ainda que mal insista,
ainda que mal desculpes;
ainda que mal me exprima,
ainda que mal me julgues;
ainda que mal me mostre,
ainda que mal me vejas;
ainda que mal te encare,
ainda que mal te furtes;
ainda que mal te siga,
ainda que mal te voltes;
ainda que mal te ame,
ainda que mal o saibas;
ainda que mal te agarre,
ainda que mal te mates;
ainda assim te pergunto
e me queimando em teu seio,
me salvo e me dano: amor.

PAISAGEM: COMO SE FAZ

Esta paisagem? Não existe. Existe espaço
vacante, a semear
de paisagem retrospectiva.
A presença da serra, das imbaúbas,
das fontes, que presença?
Tudo é mais tarde.
Vinte anos depois, como nos dramas.

Por enquanto o ver não vê; o ver recolhe
fibrilhas de caminho, de horizonte,
e nem percebe que as recolhe
para um dia tecer tapeçarias
que são fotografias
de impercebida terra visitada.

A paisagem vai ser. Agora é um branco
a tingir-se de verde, marrom, cinza,
mas a cor não se prende a superfícies,
não modela. A pedra só é pedra
no amadurecer longínquo.
E a água deste riacho
não molha o corpo nu:
molha mais tarde.
A água é um projeto de viver.

Abrir porteira. Range. Indiferente.
Uma vaca-silêncio. Nem a olho.
Um dia este silêncio-vaca, este ranger
baterão em mim, perfeitos,
existentes de frente,
de costas, de perfil,
tangibilíssimos. Alguém pergunta ao lado:
O que há com você?
E não há nada
senão o som-porteira, a vaca silenciosa.

Paisagens, país
feito de pensamento da paisagem,
na criativa distância espacitempo,
à margem de gravuras, documentos,
quando as coisas existem com violência
mais do que existimos: nos povoam
e nos olham, nos fixam. Contemplados,
submissos, delas somos pasto,
somos a paisagem da paisagem.

O MUSEU VIVO

O Museu de Erros passeia pelo mundo
estátuas andróginas
quadros despidos de moldura pintura tela
mas ativos
ideias conversíveis
planos tão racionais que chegam à vertigem do pensamento puro
embriões humanos in vitro
a sexalegria industrializada em artigos de supermercado.

Buzina
profecias de devastação para devaneio
dos que esperam escapar,
e em caprichado definitivo arco-íris
revela
o esplendor da verdade
                      sem verdade.

O museu moderno por excelência
viageiro visita
o interior das vísceras
conta horror, beleza
melodia, paz narcótica, novo horror.
As coleções têm a variedade
do que ainda não foi imaginado nem sentido.
O catálogo impresso em grito
lê, antes de ser lido,

visitantes apatetados
e nega-se a referir
o que é arte de amar sem computador.

O museu infiltra-se na plataforma submarina
onde se refugiam os derradeiros
homens e mulheres com cara de gente, irreconhecíveis.
Fulmina-os com seu raio, só existe agora o museu.
Sobe acima da Lua, videofixa
a miséria estelar, novas espécies
do mal pré-histórico, presidente
imemorial da Natureza.

O museu muge eufórico
assume solenemente
o papel de deus-universo, espetáculo de si mesmo.

O PAGAMENTO

Quando é que sai o pagamento?
O pagamento está difícil.

Quando se fará a folha
e se construirá a máquina
que fará o cálculo e os descontos?

E quando se fabricará o dinheiro,
espécie nova de dinheiro,
para fazer o pagamento?
Quem receberá no primeiro lote
quem no segundo e no terceiro
se antes de tudo vier a morte
poupar serviço ao tesoureiro?

O pagamento está difícil.

A espera, quem é que paga a espera
e os extraordinários da esperança
e os serviços (esquecidos) dos pais
e dos avós e dos antiquérrimos?

O pagamento está difícil.

Que contador porá em dia as contas
e qual será o seu critério?

Irá medir produtividade
assiduidade, pequenos méritos
oblíquas faltas, imperfeitos
serões, tarefas de má vontade?
Só sairá o pagamento
depois do inquérito concluído?

O pagamento está difícil.

Nem um simples apontamento
foi tomado, não há controle
e direção?
Ou não houve serviço nunca,
ninguém jamais se empregou
nem patrões existiram nem
saiu produção de nada?
Não houve encomenda de nada
na fábrica inexistente,
e ninguém podia tomar nota
alguma em nenhum escritório?
Não cabe pois reclamar
nem salário nem horas extras
nem demora ou juros de mora?

O pagamento está difícil.

Difícil é o pagamento
ou conceber a estranha folha
que nunca sai
e saindo, não se registra
e registrada, não se paga
e pagando, não vale a cédula
e valendo, o vento a carrega

e carregando, foi bem feito
se não havia o que pagar?

O pagamento está difícil
porque não há com que pagar
o que não era de ser pago
e contudo está-se cobrando?
cobrando com unhas, gritos
com bater pé, suplicar,
exigir latir bramir
chorar,
de lei na mão, uma lei feita
só de parágrafos riscados
outra vez escritos, outra vez
riscados escritos riscados
etc.?

O pagamento está difícil
ou já foi feito antes de tudo
há 40 anos, à sorrelfa,
que ninguém lembra ou se acaso lembra
é que o dinheiro era falso
era marcado era maldito
era por todos refugado?

O pagamento está difícil?
Depois de tão anunciado,
solenemente prometido,
foge o caixa, são massacrados
os condutores do dinheiro
tudo é furtado num segundo
e o próprio assalto é simulado?

Some a ideia de pagamento
de tal sorte que ninguém mais
lhe conhece o significado
e os que reclamam não reclamam
com intenção de receber
mas por força do triste hábito?
e tornam-se mudos
de voz e gesto
e se esquecem todos
de reclamar e de adiar
e de negar?

Então, de todos olvidado
não mais pensado ou referido
nem na lousa dos dicionários
o pagamento – afinal – saiu.
Para cada um e seu irmão,
seu amigo e seu inimigo,
seu desconhecido, seu antípoda,
seu ascendente e descendente,
seu curió demissionário, seu gato escaldado, seu cachorro caduco,
suas plantinhas de vaso (sem sol) da janela,
seu coração
de válvulas paradas
seu coração
entranhado de cisco
seu coração
já sem forma de
coração.

O pagamento total geral
saiu! saiu!

o pagamento sem escrita
sem cifrão
sem limitação
sem explicação
sem razão
sem código
sem termo
saiu.

Não havia quem recebesse.

ACORDA, MARIA

Acorda, Maria, é dia
de festival.
Violas já vêm dançando
no doce do canavial.
Acorda, Maria, é dia
de prazer municipal.
A bebida está pedindo
pra ser bebida
a comida reclamando
pra ser depressa engolida
a risada quer ser rida
o namoro namorado
o peixe quer ser pescado
o sonhado ser vivido.

Maria, acorda que é dia
de acontecer
de casar e de ter filhos
e cada filho crescer
e tomar seu rumo
e tomar seu rumo
e alguém na varanda
soletrar o espaço.

Acorda, Maria, é dia
de matar formiga

de matar cascavel
de matar tempo
de matar estrangeiro
de matar irmão
de matar impulso
de se matar.

Acorda, Maria,
todos já de pé
muitos já correndo
a gritar por ti.
Quem dorme no bairro, quem?
Não há paina de dormir
quando se espera o sinal
dentro do sinal fechado
e milhões de sinais
escondem o sinal.
O sinal afinal
é sim ou al?
E se ele apaga
antes de acender?
se ele acende
e ninguém entende?
Maria, acorda, é dia
de esperar a vida inteira
pelo sinal.

Acorda, Maria: é dia
de dizer que é dia
de fingir que é dia
de preparar o dia
de ir na folia
esquecer que não é mais
ou ainda não é dia.

Acorda que o telefone
está chamando, Maria.
O navio está apitando
e vai soando a sineta
do presídio.
Esvoaça
a papeleta do fiscal.
A mãozinha da garota
bate no portal.
Acorda, Maria, é samba
sem carnaval.

É dia
de tirar a roupa da alma
no sofá
de pesquisar o verme
em cada maçã
de inventar o verme
a cada manhã
de saborear o verme
que nem hortelã.

É dia, atenção, de sexo
há milênios recalcado.
A vara e a concha unidos
no abraço fotografado
e tudo em verde fichado
para ser bem computado.
Quem tem amores, desame-os
quem tem baú, que o destampe
quem não tem nada, que tenha
o que ter para contar.

Depressa, Maria, a praça
é uma orelha gigante
que não escuta e que passa.
Mas acorda por favor
ou por violência. É dia
de prestar contas, é dia.
Foi antecipado
o Juízo Final.

Em cada quarteirão
o oficial de justiça
divina
faz a citação
sem abrir a boca
e os nomes se imprimem
na retina
as sentenças se gravam
na pele.
Acorda, Maria, assiste
a teu julgamento em código

Principalmente, Maria,
é dia
dia constante e durante
acima dos cem mil dias
dia só, dia sem dia
sem outro dia que diga
tudo que cabe num dia.
É um dia sem folhinha
sem gala de alvorecer
sem vontade de fluir
sem jeito de findar.

O que lhe falta em clareza
e sobra em altura
e resta em desejo
ninguém decifra.
É dia, Maria, dorme
até que passe este dia!

DESABAR

Desabava
Fugir não adianta   desabava
por toda parte   minas   torres
edif
    ícios
        princípios
        l
            ᴐ
    ⸜.

         s

        muletas
desabando   nem gritar
dava tempo   soterrados
novos desabamentos insistiam
sobre peitos em pó
desabadesabadesabadavam
As ruínas formaram
outra cidade em ordem definitiva.

A DUPLA SITUAÇÃO

Um silêncio tão perfeito
como o que baixou agora:
sinal de que já morremos
ou nem chegamos ainda à Terra.

Acabamos de sentir a morte
nas veias substituir o sangue.
Circulamos na atmosfera,
somos, corpo e brisa, um só.

Ou flutuamos no possível
sem pressa de, sem desejo de
atingir o irretratável
movimento do nascimento.

Este silêncio tão completo
em si, em nós, em nossa volta,
converte-nos em transparente
esfera
contemplada contemplativa.

MOINHO

A mó da morte mói
o milho teu dourado
e deixa no farelo
um ai deteriorado.

Mói a mó, mói a morte
em seu moer parado
o que era trigo eterno
e o nem sequer semeado.

Da morte a mó que mói
não mói todo o legado.
Fica, moendo a mó,
o vento do passado.

MENINOS SUICIDAS

Um acabar seco, sem eco,
de papel rasgado
(nem sequer escrito):
assim nos deixaram antes
que pudéssemos decifrá-los,
ao menos, ao menos isso,
já não digo... amá-los.

Assim nos deixaram e se deixaram
ir sem confiar-nos um traço
retorcido ou reto de passagem:
pisando sem pés em chão de fumo,
rindo talvez de sua esbatida
miragem.

Não se feriram no próprio corpo,
mas neste em que sobrevivemos.
Em nosso peito as punhaladas
sem marca – sem sangue – até sem dor
contam que nós é que morremos
e são eles que nos mataram.

VIDA DEPOIS DA VIDA

A morte não
existe para os mortos.

Os mortos não
têm medo da morte desabrochada.

Os mortos
conquistam a vida, não
a lendária, mas
a propriamente dita
a que perdemos
ao nascer.

A sem nome
sem limite
sem rumo
(todos os rumos, simultâneos,
lhe servem)
completo estar-vivo no sem-fim
de possíveis
acoplados.

A morte sabe disto
e cala.

Só a morte é que sabe.

ÚNICO

O único assunto é Deus
o único problema é Deus
o único enigma é Deus
o único possível é Deus
o único impossível é Deus
o único absurdo é Deus
o único culpado é Deus
e o resto é alucinação.

O DEUS DE CADA HOMEM

Quando digo "meu Deus",
afirmo a propriedade.
Há mil deuses pessoais
em nichos da cidade.

Quando digo "meu Deus",
crio cumplicidade.
Mais fraco, sou mais forte
do que a desirmandade.

Quando digo "meu Deus",
grito minha orfandade.
O rei que me ofereço
rouba-me a liberdade.

Quando digo "meu Deus",
choro minha ansiedade.
Não sei que fazer dele
na microeternidade.

DEUS TRISTE

Deus é triste.

Domingo descobri que Deus é triste
pela semana afora e além do tempo.

A solidão de Deus é incomparável.
Deus não está diante de Deus.
Está sempre em si mesmo e cobre tudo
tristinfinitamente.
A tristeza de Deus é como Deus: eterna.

Deus criou triste.
Outra fonte não tem a tristeza do homem.

QUIXOTE E SANCHO, DE PORTINARI

I / SONETO DA LOUCURA

A minha casa pobre é rica de quimera
e se vou sem destino a trovejar espantos,
meu nome há de romper as mais nevoentas eras
tal qual Pentapolim, o rei dos Garamantas.

Rola em minha cabeça o tropel de batalhas
jamais vistas no chão ou no mar ou no inferno.
Se da escura cozinha escapa o cheiro de alho,
o que nele recolho é o olor da glória eterna.

Donzelas a salvar, há milhares na Terra
e eu parto e meu rocim, corisco, espada, grito,
o torto endireitando, herói de seda e ferro,

e não durmo, abrasado, e janto apenas nuvens,
na férvida obsessão de que enfim a bendita
Idade de Ouro e Sol baixe lá das alturas.

II / SAGRAÇÃO

Rocinante
pasta a erva do sossego.

A Mancha inteira é calma.

A chama oculta arde
nesta fremente Espanha interior.

De geolhos e olhos visionários
me sagro cavaleiro
andante, amante
de amor cortês a minha dama,
cristal de perfeição entre perfeitas.

Daqui por diante
é girar, girovagar, a combater
o erro, o falso, o mal de mil semblantes
e recolher no peito em sangue
a palma esquiva e rara
que há de cingir-me a fronte
por mão de Amor-amante.

A fama, no capim
que Rocinante pasta,
se guarda para mim, em tudo a sinto,
sede que bebo, vento que me arrasta.

III / O ESGUIO PROPÓSITO

Caniço de pesca
fisgando no ar,
gafanhoto montado
em corcel magriz,
espectro de grilo
cingindo loriga,
fio de linha
à brisa torcido,
relâmpago

ingênuo
furor
de solitárias horas indormidas
quando o projeto invade a noite obscura.

Esporeia
o cavalo,
esporeia
o sem-fim.

IV / CONVITE À GLÓRIA

— Juntos na poeira das encruzilhadas conquistaremos
a glória.
— E de que me serve?

— Nossos nomes ressoarão
nos sinos de bronze da História.
— E de que me serve?

— Jamais alguém, nas cinco partidas do mundo,
será tão grande.
— E de que me serve?

— As mais inacessíveis princesas se curvarão
à nossa passagem.
— E de que me serve?

— Pelo teu valor e pelo teu fervor
terás uma ilha de ouro e esmeralda.
— Isto me serve.

V / UM EM QUATRO

A   Z
b   y

   A & b   Z & y
     A b   y Z

   A B Y Z

   quadrigeminados
   quadrimembra jornada
   quadripartito anelo
   quadrivalente busca
   unificado anseio

um cavaleiro um cavalo um jumento um escudeiro

VI / O DERROTADO INVENCÍVEL

   — Gigantes!
   (Moinhos
   de vento...)
   — Malina
   mandinga,
   traça
   d'espavento!
   (Moinhos e moinhos
   de vento...)
   — Gigantes!
   Seus braços
   de aço
   me quebram

a espinha
me tornam
farinha?
Mas brilha
divino
o santelmo
que rege
e ilumina
meu valimento.
Doído,
moído,
caído,
perdido,
curtido,
morrido,
eu sigo,
persigo
o lunar
intento:
pela justiça no mundo,
luto, iracundo.

VII / CORO DOS CARDADORES E FABRICANTES DE
AGULHAS

Epa!
Pula, gordo,
vira balão
de São João,
bãobalalão
senhor capitão
de banha balofa
e jeito vilão!

Epa!
Baixa, gordo,
cara de bufão,
bola no chão,
bãobalalão
senhor capitão
de bafo balordo
e roto calção!

Epa!
Salta e baixa,
truão,
baixa e pula,
glutão,
catrapus,
bolo de feijão
dãodarãodandão!

VIII / A LÃ E A PEDRA

— Olha Alifanfarrão e seus guerreiros!
Olha Brandabarrão e Miaulina!
Micocolembo, vê! mais Timonel!
— Senhor, eu vejo apenas uns carneiros.

A lança em riste avança e fere a lã,
traspassa ovelhas como se varasse
o coração de feros inimigos.
— Chega, senhor, esta peleja é vã.

(Não chega, não, até que a boca sangre
           e dentes saltem,
           costelas partam-se

        e role o corpo,
        colchão de dores,
        do herói vencido
        não por Ali
        mas a pedradas
        de enfurecidos
          pastores.)

IX / ESDRUXULARIAS DE AMOR PENITENTE

Neste só, nestas brenhas
aonde não chega a música
da voz de Dulcineia
que por mim não suspira
e mal sabe que existo,
vou fazer penitência
    de amor.
Vou carpir minhas penas,
vou comover as rochas
com lavá-las de lágrimas,
vou rompê-las a grito,
ensandecer as águias,
cativar hipogrifos
e acarinhar serpentes,
    vou
arrancar minhas vestes
de ferro e de grandeza
e sacar os calções
e de gâmbias de fora,
documentos do sexo
cinicamente à mostra
para que aves e plantas
desfrutem o espetáculo,

farei micagens mil,
plantarei bananeira
e darei cambalhotas,
saltos mortais, vitais
de amor
     de amor
          de amor.

X / PETIÇÃO GENUFLEXA

Ó terrível
castigador de demônios
ó benigno
defendedor de humilhados
esteio e guarda-sol da honra
espelho de galanteria
vaso de olentes machas virtudes
rocha da vontade em movimento
contínuo,
despachai, meu amo, este requerimento.
A ilha
a ilha
a ilha prometida
essa danada ilha
dai-me com urgentíssima prestança.
De beijos cubro vossas mãos
por mim e por Teresa
futura prima dama
Pança.

XI / DISQUISIÇÃO NA INSÔNIA

Que é loucura: ser cavaleiro andante
    ou segui-lo como escudeiro?

De nós dois, quem o louco verdadeiro?
O que, acordado, sonha doidamente?
O que, mesmo vendado,
vê o real e segue o sonho
de um doido pelas bruxas embruxado?
Eis-me, talvez, o único maluco,
e me sabendo tal, sem grão de siso,
sou – que doideira – um louco de juízo.

XII / BRIGA E DESBRIGA

— A fatigada festa de correr
perigos sem moeda
já me pesa nos ossos.
Exijo o meu salário de loucura
e contagem de tempo de serviço.

— Amigo Sancho, vai-te à merda,
que não prezo favores mercenários
e posso ter duzentos escudeiros
só de renome eterno ambiciosos.

— Senhor, deixar-vos? Nunca.
Já me derreto em choro arrependido.
Sigo convosco, sigo
até o ultimíssimo perigo
sem outra paga além do vosso afeto.
Abracemo-nos, pois, de almas lavadas,
que meu destino
é ser, a vosso lado,
o grosso caldo junto ao vinho fino.

XIII / O MACACO BEM INFORMADO

Pergunta a este macaco teu passado
e ele dirá o certo e o imaginado.

O que te sucedeu na estranha lura
jamais vista de humana criatura

foi delírio ou concreta realidade,
visão inteira ou só pela metade?

Como aferir, em cada ser, a parte
que tem raiz numa insondável arte

(de Deus ou do Tinhoso) que transforma
o banal em sublime, e o sonho em norma?

Tudo isto e muito mais, por um pataco
saberás, consultando este macaco.

XIV / NO VERDE PRADO

Gentil caçadora
que a nós nos caçastes,
esse é o Cavaleiro
dos Leões chamado;
eu, seu escudeiro
ante vós prostrado.
Formosa Duquesa,
qual prêmio e consolo
de nossas andanças
mal-aventuradas,

dai-nos vosso riso.
Dama resplendente,
Duque excelentíssimo,
que vosso castelo
seja paraíso
de grades franqueadas
a dois vagamundos.
A troco de cama,
candeia e pernil,
juramos prestar-nos
a vossos debiques
de alegres fidalgos
a falcoar a vida
qual jogo inocente
de ferir e rir.
Seremos jograis
e bobos de corte
mantendo aparência
de heróis romanescos,
e ao vos divertir
a poder de estórias
passadas na mente
de meu amo gira,
nós nos divertimos
com vossa malícia,
rimos de vos rirdes,
ou eu, pelo menos
que por ser sabido
sábio de ignorar
o fumo dos sonhos –
rio pelos dois.
(Nada disso eu digo,
mas no fundo eu penso.)

XV / O RECADO

Cavaleiro que cai de cavalo
    parado

e tibum! rala o corpo no solo,
    magoado...

Foi por artes, talvez, de escudeiro
    culpado?

Não. Destino é o seu, para sempre
    traçado:

Cai de costas ou cai de catrâmbias,
    coitado.

Deste jeito é que dá o seu triste
    recado,

de saber cada dia seu sonho
    frustrado,

e, no barro do chão, recompô-lo
    maior.

XVI / AQUI DEL-REI

Ai, aqui onde estou,
no gancho do carvalho,
javali me comeu
e só resta de mim
este grito de horror.

Sou defunto, me acudam
e talvez ressuscite
para sair correndo
nas pernas devoradas.
Ai, sou o meu fantasma
enganchado de medo
na forquilha da árvore
e de calção rasgado,
o meu rico, o meu belo
calção desperdiçado!

XVII / AVENTURA DO CAVALO DE PAU

Corta-vento   rompe-nuvem   beira-céu
fura-sol   espeta-lua   apaga-estrela
vai
cavalo-estalo   cavalo-abalo   cavalo-bala

em demanda do Gigante Malambruno
vai voando vai chispando vai levando
a coragem com o medo na garupa
vai guerreiro vai certeiro vai
a lugar nenhum, vai na ilusão
da farsa no jardim, entre risadas.

XVIII / SAUDAÇÃO DO SENADO DA CÂMARA

Oh, seja bem-vindo
em seu esplendor
o vulto preclaro
do Governador.

(Na Barataria
ou seja onde for,
é sempre ilustríssimo
o Governador.)

Aqui vos saudamos
com temor e flor.
(É como se acolhe
um Governador.)

Gracioso Dom Sancho,
valente senhor!
(Vamos governar
o Governador.)

XIX / SOLILÓQUIO DA RENÚNCIA

Volto pelos caminhos
à procura de mim
que de mim se perdera
ao me sentir governo.
Governar, que doidice,
afrouxelado cárcere
de insônias e cuidados.
Que vale, policiar
o interesse dos homens,
puni-los ou premiá-los,
se do poder, escravo
se tornou Sancho, o livre
lavrador de outros tempos,
que em seu boi, seu rafeiro,
suas roças meninas
e tudo que cabia

num alqueire de terra
fundara seu império
    e nele
governava a si mesmo?
Pelos caminhos volto
à procura de Sancho
para de novo Sancho
saber-me, conferir-me
com dobrado prazer.

XX / NA ESTRADA DE SARAGOÇA

Eram pastores de sol
ninfas douradas
brotando da casca das árvores
a me cercarem
entre murmúrios de prata líquida
e borboletas lampejantes.
Agora, touros
furiobufantes
é que me envolvem,
derrubam, pisam
entre lanças e aboios inimigos
no tropel de combate desigual
que não me faz calar:
Proclamo nestes bosques a beleza
de ninfas e pastoras
e a beleza maior que o eco prolonga
de Dulcineiaeiaeiaeiaeia.

XXI / NOTURNO ANTEFINAL

Dorme, Alonso Quexana.
Pelejaste mais do que a peleja

(e perdeste).
Amaste mais do que amor se deixa amar.
O ímpeto
o relento
a desmesura
fábulas que davam rumo ao sem-rumo
de tua vida levada a tapa
e a coice d'armas,
de que valeu o tudo desse nada?
Vilões discutem e brigam de braço
enquanto dormes.
Neutras estátuas de alimárias velam
a areia escura de teu sono
despido de todo encantamento.
Dorme, Alonso, andante
petrificado
cavaleiro-desengano.

TIRADENTES
(com muita honra)

Bandeira de uma república visionária
branca   branca   branca   branca
república nunca proclamada
      branca
      rubra
do sangue do único republicano
em triângulo multiângulo de membros repartidos.

Lá vem o Liberdade pela Rua da Quitanda
lá vai o Liberdade, o Corta-Vento,
vai armando sua teia
que 100 anos não desfazem.
Cavaleiro boquirroto,
cavaleiro apaixonado,
com a garra da paixão
semeando rebelião:

— Despotismo
pobreza
beata ignorância
no chão de ouro das minas
riqueza mísera entre ferros.

Palavra cochichada, brasa oculta,
conversa bêbada na estalagem,

na casa de rameiras,
no varandão da fazenda,
no quarto de dormir do Coronel,
no morro-sobe-desce-toda-vida.
(Ai Minas, que mil distâncias na distância
de ti a ti, peito enfurnado.)

— Se todos fossem do meu ânimo...
Mas lá está a mão de Deus.
Pensamento-rastilho
ideia fixa
prego pregado no futuro:
     liberdade
     americana.

Semelhantes traças
nem pensar se deve.
Frioleiras
disparates
parvoíces.

Fujam deste homem que ele está doido.
O demônio o tentou para tramar escândalos
que lhe hão de custar a prateada cabeça.

Quer os frutos da terra divididos
entre mazombos pretos índios
escolas fábricas no país florente
     de livres almas
     americanas.

Solta a linguagem
dos insubmissos,

a arenga
dos desatinados
e até nas fábulas
que vai urdindo,
a louca palavra
dos verdadeiros.
Aluado
de jogar pedra,
de ser pateado
na Casa da Ópera,
de morrer na forca
morte infamante,
despedaçar-se
distribuir-se
pelos caminhos
e consciências
viver na glória.

(O perdido latim, a insensível trindade,
a desfeita esperança?
O constante lembrar.)

Lá vem, lá vai
o Corta-Vento pelas serranias
mantiqueiras.
No chão queimado
ainda retine
o tropel rosilho
de seu cavalo
enchendo o vale
o plaino, o espaço
americano.

BEETHOVEN

Meu caro Luís, que vens fazer nesta hora
de antimúsica pelo mundo afora?

Patética, heroica, pastoral ou trágica,
tua voz é sempre um grito modulado,
um caminho lunar conduzindo à alegria

Ao não-rumor tiraste a percepção mais íntima
do coração da Terra, que era o teu.
Urso-maior uivando a solidão
aberta em cântico: entre mulheres
passando sem amor. Meu rude Luís,
tua imagem assusta na parede,
em medalhão soturno sobre o piano.
Que tempestade passou em ti e continua
a devastar-te no limite
em que a própria morte exausta se socorre
da vida, e reinstala
o homem na fatalidade de ser homem?

Nós, os surdos, não captamos
o amor doado em sinfonia, a paz
em allegro energico sobre o caos,
que nos ofertas do fundo
de teu mundo clausurado.
Nós, computadores, não programamos

a exaltação romântica filtrada
em sonatino adágio murmurante.

Nós, guerreiros nucleares, não isolamos
o núcleo de paixão de onde se espraia
pela praia infinita essa abstrata
superação do tempo e do destino
que é razão de viver, razão florente
e grave.

Tanto mais liberto quanto mais
em tua concha não acústica encerrado,
livre da corte, da contingência, do barroco,
erguendo o sentimento à culminância
da divina explosão, que purifica
o resíduo mortal, a angústia mísera,
que vens fazer, do longe de dois séculos,
escuro Luís, Luís luminoso
em nosso tempo de compromisso e omisso?

Do fogo em que te queimaste,
uma faísca resta para incendiar
corações maconhados, sonolentos,
servos da alienação e da aparência?
Quem comporá a Apassionata do nosso tempo,
quem removerá as cinzas, despertará a brasa,
quem reinventará o amor, as penas de amor,
quem sacudirá os homens do seu torpor?

Boto no pickup o teu mar de música,
nele me afogo acima das estrelas.

HOMENAGEM

Jack London   Vachel Lindsay   Hart Crane
René Crevel   Walter Benjamin   Cesare Pavese
Stefan Zweig   Virginia Woolf   Raul Pompeia
                     Sá-Carneiro

             e disse apenas alguns
             de tantos que escolheram
             o dia a hora o gesto
                     o meio
                     a dis-
                     solução

AUSÊNCIA DE RODRIGO

A mesa em que Rodrigo trabalhava
está vazia.

Pesquiso indícios na madeira
na redoma de ar da sala
na cruel paisagem de concreto
perdoada – até quando?
por Santa Luzia azul-desbotado entre moneysáurios.

Procuro que não vejo
Rodrigo míope curvado
sobre traças esfareladas de capelas
e fortalezas em cacos
maquinando contornando insistindo
provendo.

Onde está, onde estará Mestre Rodrigo
o dos entalhadores pintores pedreiros
josé manuel raimundo elisiário simplesmente
retirados por sua mão prospectadora
do bolor de códices
de mortas confrarias?

Dele não há notícia melodiosa
em alguma parte de Alcântara ou Sete Povos?
Nem a mesa ondulada companheira

conserva
o movimento de dedos escrevendo
de manhã de janeiro a noite de dezembro
o relatório das injúrias
que, mais que o tempo, os homens imprimiram
a lajes memorandas?

As coisas que restituiu ao sol da História
não cantam, não me contam de Rodrigo.

A mosca bailarina
pousa no tampo de vidro
na mesa em que Rodrigo trabalhava
na mesa em que
na mesa
na.

O POETA IRMÃO

Cinquenta anos: espelho d'água ou névoa? Tudo límpido,
ou o tempo corrói o incalculável tesouro?
Vem do abismo de cinquenta anos, gravura em talho-doce,
        a revelação de Emílio Moura.

Era tempo de escolha. Escolha em silêncio, definitiva.
Na rua, no bar, nossos companheiros esperam ser decifrados.
Mas o sinal os distingue. Descubro, e para sempre,
        a amizade de Emílio Moura.

Agora a noite caminha no passo dos estudantes versíferos.
Bem conhecemos as magnólias, as mansões art nouveau, os guar-
das-civis
imóveis em cada esquina. Vou consultando um outro eu:
        a presença de Emílio Moura.

E Verlaine, Samain, Laforgue, Antônio Nobre,
Alphonsus, tanta gente, nos acompanham sem ruído.
Começa a tecer-se, renda fluida na neblina,
        a canção de Emílio Moura.

Canção de câmara: a que ele escreve e a que ele é.
Peculiar surdina, íntimo violino, jeito manso de ser,
que escapa aos trovões pop e risca em fundo cinza
        a alma de Emílio Moura.

Alma que interroga. Ao mundo todo interroga, constante.
Há um impasse de ser, na graça de sentir.
E não se basta o homem. Ave-problema, esvoaça
        a dúvida de Emílio Moura.

No céu de dúvidas, o amor responde ao poeta,
aponta-lhe os iniludíveis alvos deliciosos
em que a dor adormece e em que floresce o canto,
        a explicação de Emílio Moura.

Ah, mineiro! que tem minas nem dele mesmo sabidas,
pois não as quer explorar, e toda glória é fuligem.
Mineiro que cala e cisma, e é quando mais se adensa
        a Minas de Emílio Moura.

Mineiros há que saem. E mineiros que ficam.
Este ficou, de braços longos para o adeus.
Em Belo Horizonte, rumor sem verdes, é água pura
        a permanência de Emílio Moura.

Ei-lo que chega, vem trazer a magrilonga
figura amada a amigos longe, em festa calma.
E conversá-lo e vê-lo é sentir indelével
        a suavidade de Emílio Moura.

Agora não vem mais. Agora, é procurá-lo
em cinquenta anos vividos, em papéis, em retratos.
É transferir a pessoa viva a um cofre de ouro:
        a poesia de Emílio Moura.

Pois aconteceu a coisa aquém e além da vida,
e nem vale chorar nem vale sofismar.

O fato novo extingue a casa transparente de estar-perto:
a morte de Emílio Moura.

Neste fato penetro e o vou todo explorando.
Corredor ou caverna ou túnel ou presídio,
não importa: uma luz violeta vai seguir-me:
a saudade de Emílio Moura.

DESLIGAMENTO DO POETA

A arte completa,
a vida completa,
o poeta recolhe seus dons,
o arsenal de sons e signos,
o sentimento de seu pensamento.

Imobiliza-se,
infinitamente cala-se,
cápsula em si mesma contida.

Fica sendo o não rir
de longos dentes,
o não ver
de cristais acerados,
o não estar
nem ter aparência.
O absoluto do não ser.

Não há invocá-lo acenar-lhe pedir-lhe.

Passa ao estranho domínio
de deus ou pasárgada-segunda.
Onde não aflora a pergunta
nem o tema da
nem a hipótese do.

Sua poesia pousa no tempo.
Cada verso, com sua música
e sua paixão, livre de dono,
respira em flor, expande-se
na luz amorosa.

A circulação do poema
sem poeta: forma autônoma
de toda circunstância,
magia em si, prima letra
escrita no ar, sem intermédio,
faiscando,
na ausência definitiva
do corpo desintegrado.

Agora Manuel Bandeira é pura
poesia, profundamente.

ENTRE NOEL E OS ÍNDIOS

Em Vila Rosali Noel Nutels repousa
do desamor alheio aos índios
e de seu próprio amor maior aos índios.
Como se os bastos bigodes perguntassem:
Valeu a pena?
Valeu a pena gritar em várias línguas
e conferências e entrevistas e países
que a civilização às vezes é assassina?
Valeu, valeu a pena
criar unidades sanitárias aéreas
para salvar os remanescentes
das vítimas de posseiros, madeireiros, traficantes
burocratas *et reliqua*,
que tiram a felicidade aos simples
e em troca lhes atiram de presente
o samburá de espelhos, canivetes,
tuberculose e sífilis?
Noel baixa de helicóptero
e vê a fome à beira d'água trêmula de peixes.
Homens esquecidos do arco e flecha
deixam-se consumir em nome
da integração que desintegra
a raiz do ser e do viver.

"Vocês têm obrigação de usar calça
camisa paletó sapato e lenço,

enquanto no Leblon nos despedimos
de toda convenção, e viva a natureza..."
Noel, tu o disseste:
A civilização que sacrifica
povos e culturas antiquíssimas
é uma farsa amoral.

O Parque maravilha do Xingu
rasgado e oferecido
ao galope das máquinas,
não o quiseste assim e protestaste
como se fosse coisa tua, e era
pois onde um índio cisma
e acende fogo e dança
a dança milenar extra-Conservatório
e desenha seu momento de existir
longe da Bolsa, da favela e do napalm,
aí estavas tu, teu riso companheiro,
teus medicamentos,
tua branca alegria de viver
a vida universal.

Valeu? Valeu a pena
teu cerne ucraniano
fundir-se em meiga argila brasileira
para melhor sentires
o primitivo apelo da terra
moldura natural de homens xavantes
e kreen-akarores
lar aberto de bororos
carajás e kaingangs
hoje tão infelizes
pela compulsão da felicidade programada.

Valeu, Noel, a pena
seguir a traça de Rondon
e de Nimuendaju,
mãos dadas com Orlando e Cláudio Villas-Boas
sob o olhar de Darcy Ribeiro,
e voar e baixar e assistir e prover
e alertar e verberar
para que fique ao menos no espaço
este signo de amor compreensivo e ardente
que foi a tua vida sertaneja,
a tua vida iluminada,
e tua generosa decepção.

BRASIL / TARSILA

A Aracy Amaral

Tarsila
descendente direta de Brás Cubas
Tarsila
princesa do café na alta de ilusões
Tarsila
engastada na pulseira gótica do colégio de Barcelona
Tarsila
medularmente paulistinha de Capivari reaprendendo
o amarelo vivo
o rosa violáceo
o azul pureza
o verde cantante
desprezados pelo doutor bom gosto oficial.

Tarsila radar tranquilo
captando em traço elíptico
o vazio da rua de Congonhas com um cachorro e uma galinha
[servindo de multidão
a mudez da rua de São João del-Rei com duas meninas no cenário
[operístico de casas e igreja
o silêncio do desvio ferroviário
o sono da cidade pequena onde as casas são boizinhos espalhados
[em presépio.
(Tarsila, Oswald e Mário revelando Minas aos mineiros de
[Anatole.)

Tarsila acordando para o pesadelo
de assombrações pré-colombianas tão vivas agora como outrora
abaporu das noites na fazenda
bichos que não existem? mas existentes
cactos-animais, pedras-árvores,
monstros a expulsar de nossa mente
ou a recolher para melhor
seguir nosso traçado preternatural.
Tarsila mágica,
meu Deus, tão simples,
alheia às técnicas analíticas de Freud
e desvendando
as grutas, os alçapões, as perambeiras
da consciência rural,
expondo ao sol
a alegria colorida da libertação.

Tarsila relâmpago
de beleza no Grande Hotel de Belo Horizonte em 24
acabando com o mandamento das pintoras feias
   Quero ser em arte
    a caipirinha de São Bernardo
A mais elegante das caipirinhas
a mais sensível das parisienses
jogada de brincadeira na festa antropofágica.

Tarsila
nome brasil, musa radiante
que não queima, dália sobrevivente
no jardim desfolhado, mas constante
em serena presença nacional

fixada com doçura,
Tarsila
amora amorável d'amaral
prazer dos olhos meus onde te encontres
azul e rosa e verde para sempre.

MOTIVOS DE BIANCO

Melodiosas mulheres movem-se
libertas da corrupção do vestido
e, como jangadas ou feixes de trigo,
são variações de concretitude
tamisadas de sonho,
forma plena, bastante,
sob a luz que esmerilha
a pelúcia das coisas.

O mar invade o quadro,
a sala,
o contemplante,
num fulgor de balanço,
e entre os raios da rede ilumina-se
e dança
o negro cavername
da água ou de nós mesmos, em marulho.
Sobre os infindos olhos esféricos do boi-bumbá
– lanternões acesos na alegria religiosa
do povo menino
do Brasil –:
festa
folia
flauta
coração da terra.

Assim Bianco, viajando
a cor e seus compartimentos encantados,
registra o ofício de homens e mulheres
jungidos à natureza por uma chispa
de ouro, um cipó
telúrico, semente
de amor explodindo em cântico.

FAYGA OSTROWER

Fayga faz a forma
flutuar e florir na pauta
musicometálica.
Água forte, água tinta
água fina
      lavam
a crosta da terra
      varam
a delicada ordenação das estruturas
      manifestam
o diáfano.

Fayga exige à madeira
suas paisagens concentradas
mundos lenhosos que sobem à vida
no coro de cores, cor
ressoando nas coisas, independente de som.

Fayga faz e perfaz
a fundação de objetos líricos
sob superfícies falazes.
Depois bloqueia a luz, e a espessa
atmosfera do Não volve em depósito
de infinitos esquemas
vibrando noturnamente.

Fayga é um fazer,
filtrar e descobrir
as relações da vista e do visto
dando estatuto à passagem
no espaço: viver
é ver sempre de novo
a cada forma
a cada cor
a cada dia
o dia em flor no dia.

PINTURA DE WEGA

À tona do mundo irrompem
os mundos de Wega
violentos
verdinatais, vermelhoníricos
sobressaltando a natureza.
O último? o primeiro
dia da criação implanta
a densa vida tensa
em que a terra é criação do homem
e a criatura revela sua íntima
dramática estrutura.

CANTO BRASILEIRO

Brasil:

o nome soa em mim é sino
ardendo fogueira despetalada
em curva de viola
calor de velhas horas no estridor
de coisas novas.
                    Brasil

meu modo de ser e ver e estar triste e pular
em plena tristeza como se pula alto
sobre água corrente.

Meu país, essa parte de mim fora de mim
constantemente a procurar-me. Se o esqueço
(e esqueço tantas vezes)
volta
em cor, em paisagem
na polpa da goiaba na abertura
de vogais
no jogo divertido de esses e erres
e sinto
que sou mineiro carioca amazonense
coleção de mins entrelaçados.

Sou todos eles e
o sentimento subterrâneo
de dores criativas e fadigas
que abriram picadas
criaram bois e mulas e criam búfalos
e trabalham o couro o ferro o diamante o papel o destino.
Por que Brasil e não
outro qualquer nome de aventura?
Brasil fiquei sendo serei sendo
nas escritas do sangue.
Minha arte de viver foi soletrada
em roteiros distantes?
A vida me foi dada em leis e reis?
Me fizeram e moldaram
em figurinos velhos? Amanheço.

Confuso amanhecer, de alma ofertante
e angústias sofreadas
injustiças e fomes e contrastes
e lutas e achados rutilantes
de riquezas da mente e do trabalho,
meu passo vai seguindo
no zigue-zague de equívocos,
de esperanças que malogram mas renascem
de sua cinza morna.
Vai comigo meu projeto
entre sombras, minha luz
de bolso me orienta
ou sou eu mesmo o caminho a procurar-se?

Brasa sem brasão brasilpaixão
de vida popular em mundo aberto
à confiança dos homens.

Assim me vejo e toco: brasileiro
sem limites traçados para o amor
humano.

A explosão ingênua de desejos
a sensual vontade de criar
a pressa de revelar a face inédita
a cachoeira, o corisco, o som gritante
o traço americano
o sêmen novo
não me fazem um ser descompassado.
Brasileiro sou,
moreno irmão do mundo é que me entendo
e livre irmão do mundo
me pretendo.
(Brasil, rima viril de liberdade.)

CANTO MINERAL

Minas Gerais
minerais
minas de Minas
demais,
de menos?
minas exploradas
no duplo, no múltiplo
sem sentido,
minas esgotadas
a suor e ais,
minas de mil
e uma noites presas
do fisco, do fausto,
da farra; do fim.

Minas de três séculos
mal digeridos
ainda minando
mineralgias míticas.
O ouro desfalece:
Minas na mira
do erário real.
O diamante esmaece
Minas na surdina
da seresta exausta.
O ferro empalidece:

Minas na ruína
de simplórios donos
de roças mal lavradas.

Minas orgulhosa
de tanta riqueza,
endividada
de tanta grandeza
no baú delida.
Cada um de nós, rei
na sua fazenda,
cada pé de milho
erguia o pendão
de nossa realeza,
cada boi-de-coice
calcava o tesouro
da terra indefesa
negociada
com a maior fineza.

(Ai, que me arrependo
– me perdoa, Minas –
de ter vendido
na bacia das almas
meu lençol de hematita
ao louro da estranja
e de ter construído
filosoficamente
meu castelo urbano
sobre a jazida
de sonhos minérios.
Me arrependo e vendo.)

Minas, oi Minas,
tua estranha sina
delineada
ao bailar dos sinos
ao balir dos hinos
de festins políticos,
Minas mineiral
Minas musical
Minas pastorela
Minas Tiradentes
Minas liberal
Minas cidadela
Minas torturada
Minas surreal
Minas coronela
Minas tal e qual
a pedra-enigma
no labirinto da mina.

Do ferro líquido da forja
do Barão de Eschwege
resta a ficha histórica.
Do rude Cauê,
a TNT aplainado,
resta o postal
na gaveta saudosista,
enquanto milhares
milhafres
de vagões vorazes
levam para longe
a pedra azul guardada
para tua torre
para teu império
postergado sempre.

114

E as esmeraldas,
Minas, que matavam
de esperança e febre
e nunca se achavam
e quando se achavam
eram verde engano?
Minas sub-reptícia
tarde defendida
de áureas cobiças
pelo astuto jogo
do pensar oculto,
do dizer ambíguo,
do nevoento pairar
de flocos de sigilo
no manifesto anil
sobre serranares.
Minas, nos ares,
Minas que te quero
Minas que te perco
e torno a ganhar-te
com seres metal
diluído em genes,
com seres aço
de minha couraça,
Minas que me feres
com pontiagudas
lascas de minério
e laminados de ironia,
vês?
No coração do manganês
pousa uma escritura

de hipoteca e usura
e o banco solerte
praticando a arte
do cifrão mais forte.

Minas
teimoso lume aceso
mesmo sob cinza,
Minas Acesita
Minas Usiminas
Minas Ipatinga
Minas felina
a custo ensaiando
o salto da serra
bem alto,
o romper de algemas
mais férreas que o ferro,
no rumo certeiro
do Intendente Câmara,
Minas que te miro
desprezando os prazos
de imemoriais atrasos,
de leve batendo à porta
da era espacial,
Minas tório urânio
Minas esperança
Minas detetando
o sinal
sob a tibieza dos homens
e o parangolé da retórica,
Minas mineiralmente
geral   Gerais
auriminas

turmaliniminas
diamantiniminas
muito abaixo da mais uterina
mina recôndita
luzindo
o cristalino
abafado
espírito de Minas.

A PALAVRA MINAS

> "Minas é uma palavra montanhosa."
>
> Madu

Minas não é palavra montanhosa.
É palavra abissal. Minas é dentro
e fundo.

As montanhas escondem o que é Minas.
No alto mais celeste, subterrânea,
é galeria vertical varando o ferro
para chegar ninguém sabe onde.

Ninguém sabe Minas. A pedra
o buriti
a carranca
o nevoeiro
o raio
selam a verdade primeira, sepultada
em eras geológicas de sonho.

Só mineiros sabem. E não dizem
nem a si mesmos o irrevelável segredo
chamado Minas.

FIM DE FEIRA

No hipersupermercado aberto de detritos,
ao barulhar de caixotes em pressa de suor,
mulheres magras e crianças rápidas
catam a maior laranja podre, a mais bela
batata refugada, juntam, no passeio
seu estoque de riquezas, entre risos e gritos.

O MAR, NO LIVING

O mar entra no living
mal a primeira tinta
do dia se define.
Passa pelo vidro
e em pouco submergem
pessoas e tapetes,
poltronas, gestos,
nomes,
quadros,
vozes.

O mar tudo recobre
sem nada asfixiar.
No côncavo marinho
o ir e vir espelha
a vida costumeira
de peixes adestrados
que observam a lei
de viventes em casa.

Ao meio-dia, o mar
instala-se completo
nos metais e na pele
dos moradores.
Deixa esparso no ar
um tremor de prata
incendiada.

Pela tarde singramos
o mar e nos quedamos
na mesma onda imóvel
que na beira dos copos
junta ao álcool dourado
a amargura do sal
sem que sal se perceba.

Quando a noite descerra
as pétalas de sombra
sem recorte sonâmbulo
de lua sobre as águas,
e o sono deposita-se
em cada castiçal,
cinzeiro, campainha
e dobra de cortina,
e os passos amortecem
no surdo corredor,
eis que o mar se retira
para si mesmo e longe,
ou nós é que emergimos
da espessura das águas
tornadas invisíveis.

O mar chega de volta,
mal a primeira tinta
se define, do dia,
e o living, baía,
com todo o mobiliário
e pessoas, imersos,
prossegue o balouçante
estar sozinho e verde,
verdissozinho imenso
em pura escuridão.

LIVRARIA

Ao termo da espiral
que disfarça o caminho
com espadanas de fonte,
e ao peso do concreto
de vinte pavimentos,
a loja subterrânea
expõe os seus tesouros
como se os defendesse
de fomes apressadas.

Ao nível do tumulto
de rodas e de pés,
não se decifra a oculta
sinfonia de letras
e cores enlaçadas
no silêncio de livros
abertos em gravura.

Aquário de aquarelas,
mosaicos, bronzes,
nus,
arabescos de Klee,
piscina onde flutuam
sistemas e delírios
mansos de filósofos,
sentido e sem sentido

das ciências e artes
de viver: a quem sabe
mergulhar numa página,
o trampolim se oferta.

A vida chega aqui
filtrada em pensamento
que não fere; no enlevo
tátil-visual de ideias
reveladas na trama
do papel e que afloram
aladamente e dançam
quatro metros abaixo
do solo e das angústias
o seu balé de essências
para o leitor liberto.

VERÃO CARIOCA 73

O carro do sol passeia rodas de incêndio
sobre os corpos e as mentes, fulminando-os.
Restam, sob o massacre, esquírolas de consciência,
a implorar, sem esperança, um caneco de sombra.

As árvores decotadas, alamedas sem árvores.
O ar é neutro, fixo, e recusa passagem
às viaturas da brisa. O zinir de besouros buzinas
ressoa no interior da célula ferida.

Sobe do negro chão meloso espedaçado
o súlfur dos avernos em pescoções de fogo.
A vida, esse lagarto invisível na loca,
ou essa rocha ardendo onde a verdura ria?

O mar abre-se em leque à visita de uns milhares,
mas, curvados ao peso dessa carga de chamas,
em mil formas de esforço e pobreza e rotina, milhões
curtem a maldição do esplêndido verão.

VÊNUS

Vênus de calça comprida é
Vênus calcianadiomênica
Vênus calcispúmica
Vênus calcitrite

Vênus de calça comprida
é Vênus calcirízica
Vênus calcigênitrix
Vênus calcimílica

De calça comprida Vênus é Vênus
calcicranachiana
calciarlesiana
calcicapitulina

Calcibelvedérica
é Vênus de calça comprida
calcieleusiana
calcitriptolêmica

Vênus calcipersefônica
Vênus calciproserpínica
de calça comprida
Vênus calcicarôntica

Calcifarnésica Vênus
Vênus calcilaomedôntica
Vênus calcionfálica
Vênus é de calça comprida

Calcimegárica
Vênus calciedípica
Vênus calciateneica
– de calça comprida – calcidedálica

Vênus calcimeleágrica
Vênus calciargonáutica
Vênus calcibelerofôntica
de calça comprida Vênus

Vênus calcidanáidica
Vênus calcihemofroidítica
Vênus calcicomprida
e sempre, nua, Vênus.

O PASSARINHO EM TODA PARTE

Bem te vi, bem-te-vi
bem te ouvi recitando
e repetindo nítido
teu bentibentivismo.
Bem te vi lá na roça
nas árvores, nas águas,
bem te vi na cidade
que prolongava a roça,
bem te vi no Jardim
da República sobre
o cupim das cutias
estátuas no gramado,
bem te vi na Argentina
quando o chá na planície
chamava a revoada
de borboletas trêmulas
sobre o azul da piscina,
bem te vi, bem te vejo
na vasta galeria
de bichos e de coisas
irmãos de nossa vida
a esvoaçar na voz
dos mais velhos que ensinam
o almanaque da terra,

bem te vi, bem te vejo
presente entre as ausências
que me vão rodeando
e quando bem te avisto
e te ouço, eis que me assisto
devolvido ao primeiro
bem-ver-ouvir do prístino
bem-te-vi bentivisto.

ASPECTOS DE UMA CASA

CRIAÇÃO

A casa de Maria é alta
e clara.
Não a projetam arquitetos,
construtores não a fazem.
O traço no papel
o concreto, o aço dos volumes
são circunstâncias alheias
à criação.
Maria cria sua casa
como o pássaro cria seu voo
clarialto.

No vazio das peças
móveis quadros tapetes
são o pensamento de Maria
esboçando linhas cambiantes
até fixar-se na ordem imprescritível.
Objetos deixam-se moldar
com amiga docilidade.
Ajudemos Maria (dizem eles
no dizer sem nome dos objetos)
a compor sua casa
como de um baralho de sons
se compõe a estrutura musical.

Sobre a cidade,
sobre a fuligem das horas perdidas
e a angústia dos subterrâneos transpostos,
a casa é o rosto de Maria
à luz reencontrado.

O LIVING

Aqui se pode conversar
a imemorial conversa
que de tudos e nadas
se alimenta,
glosa livre do mundo.
Passeia a vista descansada
em coisas afetuosas
vindas de muitas partes para ouvir
sem o menor ruído
mas participando do colóquio
pelo poder de integração
que a poltrona, a lâmpada
trazem consigo
se nos sabemos eleger,
coisas e seres.
Portinari, Bianco, Fayga
Baumeister
estão conosco, os 90 anos de Picasso
em estampa colorida,
o ex-voto conciso do Nordeste
e o coral dos livros
(surdinado) nas brancas prateleiras.

Sala de viver
na opção de viver
a graça de viver.

O QUARTO DOS RAPAZES

Uma desordem que se espraia
uma ordem que se concentra
uma TV que se repete
uma cama que se desdobra
os corações que se procuram
a saudade de um gato antigo
pisada com leves patas
pelo cavalo aeromítico
dos haras de Aldemir Martins.

O QUARTO DE PEDRO

Móbiles de ouro da Praça General Osório
balançam no ar de Pedro notícias do Brasil.
O quarto flutua entre *posters* e cadernos de geografia.
A rede baiana balança na varanda aberta
sobre a plataforma a perder de vista dos terraços.

Tesouros de imperador depositam-se por toda parte:
conchas, garrafas-miniatura, volante de carro.
O império mergulha em sonho interplanetário
mas soa a hora fatal
no quarto amanhecido:
o imperador calça os sapatos da rotina,
segue, vencido, para a escola.

O QUARTO DE MARIA

Toda a casa aqui se resume:
a ideia torna-se perfume.

O QUARTO DE BANHO

A pomba pousa no basculante
assiste ao esguicho da água
à canção das torneiras
ao glissiglissar dos sabonetes
à purificação dos corpos
e voa.

POSFÁCIO
AMOR CREPUSCULAR
POR BRUNA LOMBARDI

O poeta quieto, discreto, taciturno diz: "*O tempo é a minha matéria, o tempo presente, os homens presentes, / a vida presente.*" E cada livro é um retrato seu e do sentimento que o tempo, as pessoas e as coisas imprimem em seu coração. Um coração menor que o mundo, onde não cabem suas dores e nem as dores dos homens.

O poeta que diz que desaprendeu a linguagem com que os homens se comunicam, mas na verdade continua se comunicando a cada nova geração. Sua poesia fala diretamente ao coração das centenas de milhares de pessoas que o descobrem. Cada um sente a intimidade de sua voz, a abrangência de sua visão e se torna uma espécie de devoto.

As impurezas do branco começa justamente falando do deus Kom Unik Assão. Em tempos acelerados de consumo, "o meio é a mensagem", como disse Marshall McLuhan, e, na nova aldeia global, os meios de comunicação se tornam uma extensão do homem. Drummond sente a fragmentação, detecta que estamos sendo invadidos e consumidos. Antecipando os tempos atuais, ele pergunta: quem nos salvará?

Estamos no início dos anos 1970 no Brasil, em plena ditadura. A repressão impera. A censura atinge todos os meios de expressão e a liberdade é sufocada nos porões.

Drummond observa alarmado o mundo à sua volta.

Questões sociais, políticas, cotidianas, vida e morte se entrelaçam em poemas espantados diante desse novo tempo.

O poeta se rebela e sua vontade é de quebrar sentenças, reinventar palavras, distorcer o retorcido da vida.

"Posso, sem armas, revoltar-me?", diz o menino de 1918 que chamavam de anarquista, no poema "A flor e a náusea".

Esses tempos conturbados vão ser o pivô de grandes mudanças e conflitos na história do mundo. Guerra do Vietnã, crise do petróleo, revolução sexual, empoderamento feminista, movimento Black Power, cultura pop. O advento da publicidade e do consumo em grande escala leva a sociedade a um novo patamar da comunicação em massa. É o início do excesso da informação frenética e controversa que vai se tornar o marco dos dias que vivemos.

O poeta é uma antena de seu tempo e Drummond quer abraçar toda essa extensão. Extrai poesia do noticiário, dessa confusa mistura moderna, da centrífuga de assuntos que ele encara com um lirismo seco, irônico. Um lirismo de aço e ferro e resistência.

Ele olha o mundo com estranheza e antevê o homem em sua viagem espacial, buscando humanidade em outros planetas.

Vive no Brasil dos modernistas, de seu grande amigo Mário de Andrade, dos poetas e artistas que retratam a época de ouro da cultura e da inteligência brasileira. É o Brasil do Xingu, dos irmãos Orlando e Claudio Villas-Bôas, de Darcy Ribeiro e dessa Minas Gerais, subterrânea e abissal, que nunca saiu de Drummond. Minas é um irrevelável segredo presente dentro dele. Um subterrâneo retrato, que rompe algemas e não liberta.

E agora, ele se vê no presente de tantas perdas, muitos amigos se foram, Manuel Bandeira, Tarsila, Portinari. Drummond é o sobrevivente e sente uma espécie de culpa por isso. Por sobreviver.

Peço desculpa de ser
o sobrevivente.
Não por longo tempo, é claro.
Tranquilizem-se.
Mas devo confessar, reconhecer
que sou sobrevivente.
Se é triste/cômico
ficar sentado na plateia
quando o espetáculo acabou
e fecha-se o teatro, (...)

Vive uma sobrevida que considera adiada e nunca de fato vivida. *"A verdadeira vida / sorria longe, indecifrável."* E ele, contido, recolhido, sente que sobrou, insistente de uma vida que não viveu.

Ele se sente resumido e diz que *"a solidão de Deus é incomparável".* Sobrou o estado dolorido da permanência. E seu constante olhar crítico que desnuda o que o cerca.

Como a vida ri
a cada manhã
de seu próprio absurdo

Existe em Drummond uma certa amargura de observar a contaminação de tudo. Sua percepção aponta as imperfeições, as impurezas do branco. A limalha pulverizada na alma. Na ausência de cor mostra que, nesse estado monocromático, novas cores se revelam. Esconde um certo otimismo, mesmo quando se pergunta:

Como viver o mundo
em termos de esperança?

E que palavra é essa
que a vida não alcança?

E no entanto em seus sonhos quixotescos consegue montar seu Rocinante imaginário e sabe que luta contra moinhos. Em seus poemas sobre Quixote, inspirado em Portinari, pergunta se é mais louco o que sonha doidamente ou aquele que, mesmo vendo a realidade, segue o sonho? Seria esse o delírio que vivemos todos, buscando refúgio em sonhos impossíveis? Até que ponto temos noção de nossa loucura e quais loucos seguimos enquanto tecemos o fio frágil de nossas esperanças?

Existe, permeando sua obra, uma esperança dentro de Drummond.

Aquela mesma esperança de ver que uma flor nasceu na rua, rompendo o asfalto, desbotada. Mesmo feia, é uma flor. A esperança renovada e mínima de ver uma flor que furou o asfalto. E cada um de nós é capaz de se reconhecer nela.

Essa é uma prova de amor e nesse livro o poeta fala de amor de uma maneira intensa e renovada.

Amor é privilégio de maduros.
(...) Amor começa tarde.

Diz que quer amor, quer ser amado, se sentir amado, *"Quero que me repitas até a exaustão / que me amas que me amas que me amas"*. A esperança vem desse amor crepuscular.

A poesia de Carlos Drummond de Andrade penetra sorrateira em lugares inesperados. Desperta novos tons e afia os nossos sentidos. Aponta a luz do humor e de uma ironia particular. É solitária e se abriga dentro de nós, precisando desse acolhimento. Sua poesia confessa sua carência e sua necessidade.

Quando se sente próxima e compreendida faz confidências, se entrega. E é nesse encontro de confiança que o poeta recluso abre as correntes, solta as amarras que carrega no peito e nos mostra que, apesar de toda a inocência perdida, resta um resquício de inocência, mesmo depois de tudo atrozmente explicado.

A poesia de Drummond carrega, como os primitivos, os maxilares inferiores de seus antepassados e busca divindades nesse mundo sem Deus. Sua poesia é sua forma de religião, uma reza secreta, metafísica.

Sua poesia entra sorrateira em lugares insuspeitos dentro de nós. Ela nos surpreende de maneira inesperada. Fala baixo, pausadamente, aos sussurros, como alguém que troca confidências no travesseiro, antes do sono. Como certos desejos secretos se revelam numa noite de vigília.

A poesia rompe manhãs e nos desperta. Acorda sentidos e significados adormecidos dentro de nós. Na poesia cometemos tudo e tudo nos será perdoado.

A poesia nos penetra em todos os poros, todos os buracos e fica ali pendurada nos cabides improvisados da alma. Decifra códigos dentro de nós, abre comportas. Sem usar argumentos razoáveis nos mostra quem somos e quem deveríamos ser.

Descobri Carlos Drummond ainda menina, na biblioteca do colégio, antes que a literatura me fosse ensinada. Ia sozinha durante a hora do recreio e essas horas eram só minhas. Desvendava os mundos de pessoas que eu não conhecia e descortinava ideias, sensações e sentimentos que formaram a bagagem que carrego na vida.

Fiquei íntima desses grandes poetas e de Drummond em particular. Copiava poemas nos meus cadernos e escrevia frases em papéis dobrados dentro das minhas caixinhas mágicas.

Cresci com eles, aprendi com eles e fui devota e disciplinada nessa busca.

Nem podia imaginar que anos mais tarde eu conheceria muitos pessoalmente e teria o impacto do encontro, a alegria da troca e a possibilidade de falar da minha gratidão.

Tive a sorte de conversar muitas vezes sobre poesia com Drummond, de receber suas cartinhas, bilhetes, conselhos.

Guardo tudo isso como um tesouro.

Drummond presta atenção em tudo o que é resumido, se disfarça ou se esconde. Olha os detalhes. Fala do pequeno e atinge o imenso. Fala da sua casa, sua cidade, seu país.

Mas não se deixe enganar, a poesia de Carlos Drummond de Andrade é sim do tamanho do mundo.

Brasileiro sou,
moreno irmão do mundo é que me entendo
e livre irmão do mundo
me pretendo.

P.S.: Escritores não morrem. Escritores deixam livros.

CRONOLOGIA
NA ÉPOCA DO LANÇAMENTO
(1970-1976)

1970

CDA:

– Publica *Caminhos de João Brandão*, pela Editora José Olympio.

– Publica o conto "Meu companheiro" na *Antologia de contos brasileiros de bichos,* organizada por Hélio Pólvora e Cyro de Mattos, pela Editora Bloch.

– Publicada em Cuba a coletânea *Poemas*, com introdução, seleção e notas de Muñoz-Unsain, pela Casa de las Américas.

– Arnaldo Saraiva publica o ensaio "Os poemas em prosa de Drummond", no *Suplemento Literário de Minas Gerais,* em 17 de janeiro.

– Santiago Kovadloff, filósofo, tradutor e crítico argentino, publica o ensaio "O homem na poesia de Carlos Drummond de Andrade", no *Suplemento Literário de Minas Gerais,* em 11 de abril.

– Antonio Candido publica o ensaio "Inquietudes na poesia de Drummond" no livro *Vários escritos,* pela Editora Duas Cidades.

– Gilberto Mendonça Teles publica o livro *Drummond: a estilística da repetição*, pela Editora José Olympio.

– José Eduardo da Fonseca publica o livro *O telurismo na literatura brasileira e na obra de Carlos Drummond de Andrade*, pela Seção de Publicações do Departamento de Letras Vernáculas da Faculdade de Letras da UFMG.

Literatura brasileira:

– Armando Freitas Filho publica o livro de poemas *Marca registrada*.
– Alfredo Bosi publica *História concisa da literatura brasileira*.
– Augusto de Campos lança o livro de poemas *Equivocábulos*.
– Lygia Fagundes Telles lança o livro de contos *Antes do baile verde*.

Vida nacional:

– Brasil vence a Itália e torna-se tricampeão mundial de futebol. "Que é de meu coração? Está no México, / voou certeiro, sem me consultar, / (...) / e vira coração de torcedor, / torce, retorce e se distorce todo, / grita: Brasil! com fúria e com amor" (do poema "Copa do Mundo de 70", em *Versiprosa*).
– Durante o governo do general Emílio Garrastazu Médici, o embaixador da Suíça, Giovanni Enrico Bucher, é sequestrado pela Vanguarda Popular Revolucionária (VPR), no Rio de Janeiro. Sua libertação se dá em troca do exílio, no Chile, de setenta presos políticos da ditadura militar brasileira.
– Surge o Esquadrão da Morte, organizado pelas forças da repressão para eliminar políticos inimigos da ditadura.
– Criação do Movimento Brasileiro de Alfabetização (Mobral), voltado para a escolarização de adultos. Os gastos do Governo Federal com educação caem de 11,2%, em 1962, para 5,4%.
– Decretada a censura prévia aos jornais, revistas e livros, com o intuito de impedir a divulgação de ideias contrárias "à moral e aos bons costumes".

– A repressão política recrudesce com a prisão e assassinatos de líderes sindicais, dirigentes políticos, padres e estudantes.

– Criação do Instituto Nacional de Colonização e Reforma Agrária (Incra).

– Surge o "cinema marginal", uma reação contra a intolerância política e a opressão cultural.

Mundo:

– Salvador Allende é eleito presidente do Chile.

– O general Marcelo Roberto Levingston assume a presidência da República Argentina, ao derrubar o general Juan Carlos Onganía.

– É anunciada a separação dos Beatles.

– Anwar Sadat é eleito presidente do Egito.

– O cônsul brasileiro Aloysio Dias Gomide é sequestrado em Montevidéu pelo grupo guerrilheiro Tupamaros.

– O ex-presidente da República Argentina, general Pedro Eugenio Aramburu, é sequestrado, julgado e morto pelo grupo terrorista Montoneros.

1971

CDA:

– Publicação de *Seleta em prosa e verso*, com estudo e notas de Gilberto Mendonça Teles, pela Editora José Olympio.

– Participa da coletânea, lançada pela Editora Sabiá, *Elenco de cronistas modernos*, com Clarice Lispector, Fernando Sabino, Manuel Bandeira, Paulo Mendes Campos, Rachel de Queiroz e Rubem Braga.

– Participa, com o texto "Um escritor nasce e morre", do livro *An Anthology of Brazilian Prose*, lançado pela Editora Ática.

– Maria Antonieta Antunes Cunha publica o livro *O discurso indireto livre em Carlos Drummond de Andrade,* pela Imprensa Oficial.

– Fernando Correia Dias publica o livro *O movimento modernista em Minas: uma interpretação sociológica,* pela Editora da Universidade de Brasília.

Literatura brasileira:

– Antonio Callado publica o romance *Bar Don Juan.*
– Erico Verissimo publica o romance *Incidente em Antares.*
– Clarice Lispector publica o livro de contos *Felicidade clandestina.*
– João Ubaldo Ribeiro lança o romance *Sargento Getúlio.*

Vida nacional:

– Governo Médici decide baixar decretos "secretos".
– Inaugurado, pela Embratel, o serviço de DDD (discagem direta a distância).
– Governo implanta nas escolas o ensino obrigatório da matéria Educação Moral e Cívica.
– O deputado Rubens Paiva é sequestrado e morto pelas forças da repressão.
– A Marinha do Brasil instala na Ilha das Flores, no Rio de Janeiro, centro de treinamento para agentes especializados em técnicas de interrogatório e de tortura de presos políticos.
– Capitão Lamarca é morto no sertão da Bahia, e sua namorada, Iara Iavelberg, em Salvador.
– Em desfile de moda no Consulado do Brasil em Nova Iorque, a estilista Zuzu Angel denuncia a tortura e o assassinato de seu filho, Stuart Angel.
– Em jogo realizado no Maracanã, Pelé se despede da Seleção Brasileira.

Mundo:

– Protesto de 500 mil pessoas, em Washington, contra a guerra do Vietnã.

– China ingressa na Organização das Nações Unidas (ONU).

– Governo chileno nacionaliza as minas de cobre.

– Suíça realiza plebiscito, só de homens, garantindo o direito de voto às mulheres.

– Os setores ocidental e oriental de Berlim reestabelecem a comunicação por telefone, interrompida em 1950.

– A Organização dos Países Exportadores de Petróleo (OPEP) decide fixar unilateralmente o preço do produto.

– O general Alejandro Augustín Lanusse assume a presidência da República Argentina, ao derrubar o general Roberto Marcelo Levingston.

– O poeta chileno Pablo Neruda recebe o Prêmio Nobel de Literatura.

1972

CDA:

– Ao completar 70 anos, tem sua vida celebrada em suplementos dos principais jornais brasileiros.

– Publica *D. Quixote Cervantes Portinari Drummond*, com 21 desenhos de Candido Portinari e glosas de Carlos Drummond de Andrade, pela editora Diagraphis.

– Viaja a Buenos Aires com a esposa para visitar a filha Maria Julieta.

– Publica *O poder ultrajovem*, pela Editora José Olympio.

– Emanuel de Moraes publica *Drummond Rima Itabira Mundo*, pela Editora José Olympio.

– Affonso Romano de Sant'Anna publica o livro *Drummond: o gauche no tempo,* pela Lia Editora/Instituto Nacional do Livro.

Literatura brasileira:

– Jorge Amado publica o romance *Tereza Batista cansada de guerra.*
– Pedro Nava publica *Baú de ossos.*

Vida nacional:

– Primeira exibição da TV em cores no Brasil.
– Combate das Forças Armadas à guerrilha do Araguaia.
– Lançamento do semanário *Opinião,* por Fernando Gasparian, de oposição à ditadura militar.
– Inaugurada, em Brasília, a Escola Nacional de Informações do SNI.
– Na comemoração do Sesquicentenário da Independência, os restos mortais de D. Pedro I são transferidos de Lisboa para o Museu do Ipiranga, em São Paulo.
– O piloto brasileiro Emerson Fittipaldi sagra-se campeão mundial de Fórmula 1.
– O enxadrista brasileiro Henrique Mecking (Mequinho) recebe o título de Grande Mestre Internacional.
– O cantor e compositor Caetano Veloso retorna ao Brasil, após exílio em Londres.
– Petrobras inaugura a maior refinaria de petróleo do país, em Paulínia (SP).
– O Brasil ultrapassa os 100 milhões de habitantes.
– Inauguração de trecho da Rodovia Transamazônica, pelo presidente Médici.

Mundo:

– Grupo terrorista Setembro Negro, ligado à Organização para a Libertação da Palestina (OLP), realiza massacre na Olimpíada de Munique, na Alemanha.

– Estoura o escândalo político de Watergate, nos EUA, que levará à renúncia do presidente Nixon em 1974.

– Terremoto na Nicarágua causa 10 mil mortes.

– Salvador Allende forma governo de união com militares, pondo fim à greve geral no Chile.

1973

CDA:

– Publica *As impurezas do branco,* que receberá em 1974 o prêmio de melhor livro de poesia do ano, da Associação Paulista de Críticos de Arte (APCA).

– Publica *Menino antigo (Boitempo II),* pela Editora José Olympio e Instituto Nacional do Livro (INL).

– Publicação de *La bolsa & la vida,* em Buenos Aires, com tradução de María Rosa Oliver, pela Ediciones de la Flor.

– Publicação, em Paris, da coletânea *Réunion,* com tradução de Jean-Michel Massa, pela Editora Aubier-Montaigne.

– Publicação do livro *Minas e Drummond,* com ilustrações de Yara Tupynambá, Wilde Lacerda, Haroldo Mattos, Júlio Espíndola, Jarbas Juarez, Álvaro Apocalypse e Beatriz Coelho, pela Editora da UFMG.

– Joaquim-Francisco Coelho publica *Terra e família na poesia de Carlos Drummond de Andrade,* pela Editora da Universidade Federal do Pará.

Literatura brasileira:

– Chico Buarque de Holanda e Ruy Guerra publicam o livro da peça *Calabar, o elogio da traição,* que teve proibida sua encenação.

– Dias Gomes tem exibida sua novela *O Bem-Amado,* com grande êxito na TV brasileira, posteriormente transformada em livro e filme.

149

– Lygia Fagundes Telles publica o romance *As meninas*.

– É publicado o romance *Avalovara*, de Osman Lins.

– Clarice Lispector publica o romance *Água viva* e o livro de contos *A imitação da rosa*.

Vida nacional:

– O deputado federal Ulisses Guimarães se apresenta como "anti-candidato" à presidência da República.

– Realiza-se a primeira edição do Festival de Cinema de Gramado. O premiado foi Arnaldo Jabor, com o filme *Toda nudez será castigada*.

– O crescimento da economia brasileira vai de 10,4% em 1970 a 13,9% em 1973. É o "milagre econômico", ostensivamente exaltado nos meios de comunicação com o slogan oficial "Pra frente Brasil".

– Cacique Mário Juruna surge no cenário político e mais tarde, em 1982, elege-se deputado federal pelo Partido Democrático Trabalhista (PDT).

– Dom Paulo Evaristo Arns é feito Cardeal de São Paulo pelo Papa Paulo VI.

– Governo sanciona o Estatuto do Índio.

Mundo:

– Estados Unidos retiram suas tropas da Guerra do Vietnã.

– Governo uruguaio, com apoio dos militares, dá golpe de estado.

– Juan Domingo Perón retorna à Argentina, após 18 anos de exílio, e acaba por assumir, pela terceira vez, a presidência da República.

– Liderado pelo general Augusto Pinochet, golpe militar no Chile derruba o presidente Salvador Allende.

– Aborto é legalizado nos EUA.

– Estoura a Guerra do Yom Kippur, ou Guerra Árabe-Israelense, com o ataque da Síria e Egito a Israel.

– Fome mata mais de 100 mil pessoas na Etiópia.

– Falecem os "três grandes Pablos": Picasso, em 8 de abril; Neruda, em 23 de setembro, e o violoncelista Casals, em 22 de outubro.

1974

CDA:

– Lançamento do documentário *O fazendeiro do ar*, produzido por David Neves e dirigido por Fernando Sabino.

– Torna-se membro honorário da Association of Teachers of Spanish and Portuguese, nos Estados Unidos.

– Publica *De notícias & não notícias faz-se a crônica*, pela Editora José Olympio.

– Concede entrevista "Habla el poeta de nuestro tiempo" a Fernando Sabino, publicada na *Revista de Cultura Brasileña* (Madri), n. 38, de dezembro.

Literatura brasileira:

– Augusto de Campos lança, em colaboração com Julio Plaza, o livro de poemas-objetos *Poemóbiles*.

– Hilda Hilst lança o livro de poemas *Júbilo, memória, noviciado da paixão*.

– Nélida Piñon lança o romance *Tebas do meu coração*.

– O poeta Cacaso publica o livro *Grupo escolar*.

Vida nacional:

– General Ernesto Geisel assume a presidência da República.

– Inauguração da Ponte Rio-Niterói.

– Inauguração do Metrô de São Paulo.

– Criação da empresa Companhia Binacional de Itaipu, para a construção da maior hidrelétrica brasileira à época, na fronteira com o Paraguai.

– Realização de eleições parlamentares, com a vitória de 75 deputados federais e 16 senadores, de oposição ao governo militar.

– Deputado Teotônio Vilela passa a percorrer o país numa cruzada cívica pela anistia, democracia e justiça social.

– Incêndio do edifício Joelma, em São Paulo, causa 188 mortos.

– Passa a vigorar o novo Código de Processo Civil.

– Início da censura prévia no rádio e na televisão.

– Petrobras descobre petróleo na bacia de Campos (RJ).

Mundo:

– Fim da ditadura em Portugal, no dia 25 de abril, com a Revolução dos Cravos.

– Com a morte do general Perón, sua esposa, a vice-presidente María Estela Martínez de Perón, Isabelita, assume o poder na Argentina.

– Brasil estabelece relações diplomáticas com a China.

1975

CDA:

– Publica *Amor, amores*, ilustrado por Carlos Leão, pela Editora Alumbramento.

– Recebe o Prêmio Nacional Walmap de Literatura.

– Recusa, por motivo de consciência, o Prêmio Brasília de Literatura, da Fundação Cultural do Distrito Federal.

– Diante da morte de seu amigo escritor, publica o poema "A falta de Erico Verissimo": "Falta alguma coisa no Brasil (...) / Falta uma tristeza de menino bom (...) / Falta um boné, aquele jeito manso (...) / Falta um solo de clarineta."

– Convida a poeta Adélia Prado para conversar e promove indiretamente, no ano seguinte, a edição de seu primeiro livro, *Bagagem*, pelo editor Pedro Paulo de Sena Madureira.

– Publica o texto "O que se passa na cama", no *Livro de cabeceira do homem*, v. 1, pela Editora Civilização Brasileira.

– José Guilherme Merquior escreve em francês *Verso Universo em Drummond*, traduzido por Marly de Oliveira e publicado pela Editora José Olympio.

– Joaquim Inojosa publica o livro *Os Andrades e outros aspectos do Modernismo*, pela Editora Civilização Brasileira.

Literatura brasileira:

– Ferreira Gullar publica a coletânea de poemas *Dentro da noite veloz*.

– Armando Freitas Filho publica o livro de poemas *De corpo presente*.

– O sociólogo Florestan Fernandes publica *Revolução burguesa no Brasil*.

– Odete Lara publica *Eu nua*, sua autobiografia.

– São censurados os romances *Aracelli, meu amor*, de José Louzeiro, e *Zero*, de Ignácio de Loyola Brandão.

– João Cabral de Melo Neto publica o livro de poemas *Museu de tudo*.

– João Antônio lança o livro de contos *Leão-de-chácara*.

Vida nacional:

– Jornalista Vladimir Herzog é encontrado morto no DOI-Codi, em São Paulo. Sua morte provoca grande manifestação pública contra a ditadura, na Praça da Sé.

– Fusão dos estados da Guanabara, antigo Distrito Federal, e do Rio de Janeiro, formando uma só unidade federativa: Rio de Janeiro.

– Lançamento do novo *Dicionário Brasileiro da Língua Portuguesa*, por Aurélio Buarque de Holanda Ferreira.

– O movimento negro se fortalece nas principais cidades, particularmente em São Paulo, Rio de Janeiro, Belo Horizonte e Porto Alegre, com congressos, jornais e vitórias em eleições.

– Firmado o Tratado de Cooperação Nuclear entre Brasil e Alemanha.

– Governo lança Plano Nacional de Cultura, para orientar as atividades do setor frente à Política de Segurança Nacional.

– Criação do Programa Nacional do Álcool (Proálcool).

Mundo:

– Príncipe Juan Carlos assume o trono na Espanha com a morte do ditador Francisco Franco.

– Fim da guerra do Vietnã, com a vitória do Vietnã do Norte, e reunificação do país, tendo Hanói como capital.

– Angola proclama a independência. A ex-colônia portuguesa passa a chamar-se República Popular de Angola, cujo primeiro presidente é o poeta Agostinho Neto.

– Golpe militar no Peru derruba o general Alvarado.

1976

CDA:

– Indignado com os rumos da capital mineira, publica o poema "Triste horizonte" no *Jornal do Brasil*.

– Publicada a tradução da coletânea *Poemas*, em Lima (Peru), com tradução de Leonidas Cevallos, pelo Centro de Estudios Brasileños.

– Dilman Augusto Motta publica o livro *A metalinguagem na Poesia de Carlos Drummond de Andrade*, pela Editora Presença.

– Antônio Houaiss publica o livro *Drummond mais seis poetas e um problema*, pela Editora Imago.

Literatura brasileira:

– Darcy Ribeiro publica o romance *Maíra*, pela Editora Brasiliense.

– José Louzeiro publica *Aracelli, meu amor*.

– Haroldo de Campos lança a antologia de sua obra *Xadrez de Estrelas: Percurso Textual, 1949-1974*.

– Lançada a *Enciclopédia Mirador Internacional*, em vinte volumes, sob a coordenação de Antônio Houaiss, versão brasileira da *Enciclopédia Britânica*.

Vida nacional:

– Falecimento, no espaço de seis meses, de três importantes líderes da oposição ao governo militar: Carlos Lacerda, em 21 de maio; Juscelino Kubitschek, em 22 de agosto, e João Goulart, em 6 de dezembro.

– Fiat instala uma fábrica de automóveis em Minas Gerais.

– Governo baiano extingue a exigência de registro policial para os cultos afro-brasileiros.

– Início de um lento processo de redemocratização, a partir da dissolução, nas universidades federais, dos núcleos de segurança criados pelo governo militar.

– Assassinato do operário Manoel Fiel Filho, no DOI-Codi de São Paulo, provoca destituição do comandante do II Exército, pelo presidente Geisel.

– Surge a revista noticiosa semanal *IstoÉ*, dirigida por Mino Carta.

– Sociedade Brasileira para o Progresso da Ciência (SBPC) realiza a 28ª Reunião Anual, em Brasília, durante a qual a comunidade científica defende a democracia.

– A estilista Zuzu Angel morre em "acidente" de automóvel, após denunciar o assassinato de seu filho pela ditadura brasileira.

– Inauguração da Rodovia dos Imigrantes, ligando São Paulo a Santos.

– Promulgada a Lei Falcão, que limita a propaganda eleitoral.

– Associação Brasileira de Imprensa (ABI) e Ordem dos Advogados do Brasil (OAB) sofrem atentados a bomba, no Rio de Janeiro.

Mundo:

– Golpe militar derruba Isabelita Perón e junta militar proclama o general Jorge Rafael Videla presidente da República.

– Jimmy Carter é eleito presidente dos Estados Unidos.

– Cento e dezenove obras de Picasso são roubadas do Palácio dos Papas, em Avignon, França.

BIBLIOGRAFIA DE
CARLOS DRUMMOND DE ANDRADE

POESIA:

Alguma poesia. Belo Horizonte: Edições Pindorama, 1930.

Brejo das almas. Belo Horizonte: Os Amigos do Livro, 1934.

Sentimento do mundo. Rio de Janeiro: Pongetti, 1940.

Poesias. Rio de Janeiro: José Olympio, 1942. [*Alguma poesia, Brejo das almas, Sentimento do mundo, José.*]*

A rosa do povo. Rio de Janeiro: José Olympio, 1945.

Poesia até agora. Rio de Janeiro: José Olympio, 1948. [*Alguma poesia, Brejo das almas, Sentimento do mundo, José, A rosa do povo, Novos poemas.*]

Claro enigma. Rio de Janeiro: José Olympio, 1951.

Viola de bolso. Rio de Janeiro: Serviço de Documentação do MEC, 1952.

Fazendeiro do ar & Poesia até agora. Rio de Janeiro: José Olympio, 1954.

Viola de bolso novamente encordoada. Rio de Janeiro: José Olympio, 1955.

---

* A presente bibliografia de Carlos Drummond de Andrade restringe-se às primeiras edições de seus livros, excetuando obras renomeadas. Nos casos em que os livros não tiveram primeira edição independente, os respectivos títulos aparecem entre colchetes, juntamente com os demais a compor a coletânea na qual vieram a público pela primeira vez. [*N. do E.*]

50 poemas escolhidos pelo autor. Rio de Janeiro: Serviço de Documentação do MEC, 1956.

Poemas. Rio de Janeiro: José Olympio, 1959. [*Alguma poesia, Brejo das Almas, Sentimento do mundo, José, A rosa do povo, Novos poemas, Claro enigma, Fazendeiro do ar* e *A vida passada a limpo.*]

Antologia poética. Rio de Janeiro: Editora do Autor, 1962.

Lição de coisas. Rio de Janeiro: José Olympio, 1962.

José & outros. Rio de Janeiro: José Olympio, 1967. [*José, Novos poemas, Fazendeiro do ar, A vida passada a limpo, 4 poemas, Viola de bolso II.*]

Versiprosa. Rio de Janeiro: José Olympio, 1967.

Boitempo & A falta que ama. [*(In) Memória – Boitempo I.*] Rio de Janeiro: Sabiá, 1968.

Reunião: 10 livros de poesia. Introdução de Antonio Houaiss. Rio de Janeiro: José Olympio, 1969. [*Alguma poesia, Brejo das almas, Sentimento do mundo, José, A rosa do povo, Novos poemas, Claro enigma, Fazendeiro do ar, A vida passada a limpo, Lição de coisas* e *4 poemas.*]

As impurezas do branco. Rio de Janeiro: José Olympio, 1973.

Menino antigo (Boitempo II). Rio de Janeiro: José Olympio; Brasília: Instituto Nacional do Livro, 1973.

Esquecer para lembrar (Boitempo III). Rio de Janeiro: José Olympio, 1979.

A paixão medida. Ilustrações de Emeric Marcier. Rio de Janeiro: Alumbramento, 1980.

Nova reunião: 19 livros de poesia. 2 vols. Rio de Janeiro: José Olympio; Brasília: Instituto Nacional do Livro, 1983.

O elefante. Ilustrações de Regina Vater. Rio de Janeiro: Record, 1983.

Corpo. Ilustrações de Carlos Leão. Rio de Janeiro: Record, 1984.

Amar se aprende amando. Capa de Anna Leticya. Rio de Janeiro: Record, 1985.

Boitempo I e II. Rio de Janeiro: Record, 1987.

Poesia errante: derrames líricos (e outros nem tanto, ou nada). Rio de Janeiro: Record, 1988.

O amor natural. Ilustrações de Milton Dacosta. Rio de Janeiro: Record, 1992.

Farewell. Vinhetas de Pedro Augusto Graña Drummond. Rio de Janeiro: Record, 1996.

Poesia completa: volume único. Fixação de texto e notas de Gilberto Mendonça Teles. Introdução de Silviano Santiago. Rio de Janeiro: Nova Aguilar, 2002.

Declaração de amor, canção de namorados. Organização de Pedro Augusto Graña Drummond e Luis Mauricio Graña Drummond. Rio de Janeiro: Record, 2005.

Versos de circunstância. Organização de Eucanaã Ferraz. São Paulo: Instituto Moreira Salles, 2011.

Nova reunião: 23 livros de poesia. 3 vols. Rio de Janeiro: BestBolso, 2013.

CONTO:

O gerente. Rio de Janeiro: Horizonte, 1945.

Contos de aprendiz. Rio de Janeiro: José Olympio, 1951.

70 historinhas. Rio de Janeiro: José Olympio, 1978.

Contos plausíveis. Ilustrações de Irene Peixoto e Márcia Cabral. Rio de Janeiro: José Olympio; Editora JB, 1981.

Histórias para o rei. Rio de Janeiro: Record, 1997.

CRÔNICA:

Fala, amendoeira. Rio de Janeiro: José Olympio, 1957.

A bolsa & a vida. Rio de Janeiro: Editora do Autor, 1962.

161

Para gostar de ler. Com Fernando Sabino, Paulo Mendes Campos e Rubem Braga. Rio de Janeiro: Editora do Autor, 1962.

Quadrante. Com Cecília Meireles, Dinah Silveira de Queiroz, Fernando Sabino, Manuel Bandeira, Paulo Mendes Campos e Rubem Braga. Rio de Janeiro: Editora do Autor, 1962.

Quadrante II. Com Cecília Meireles, Dinah Silveira de Queiroz, Fernando Sabino, Manuel Bandeira, Paulo Mendes Campos e Rubem Braga. Rio de Janeiro: Editora do Autor, 1962.

Cadeira de balanço. Rio de Janeiro: José Olympio, 1966.

Caminhos de João Brandão. Rio de Janeiro: José Olympio, 1970.

O poder ultrajovem. Rio de Janeiro: José Olympio, 1972.

De notícias & não notícias faz-se a crônica: histórias, diálogos, divagações. Rio de Janeiro: José Olympio, 1974.

Os dias lindos. Rio de Janeiro: José Olympio, 1977.

Crônica das favelas cariocas. Rio de Janeiro: [edição particular], 1981.

Boca de luar. Rio de Janeiro: Record, 1984.

Crônicas 1930-1934. Crônicas de Drummond assinadas com os pseudônimos Antônio Crispim e Barba Azul. *Revista do Arquivo Público Mineiro*, Belo Horizonte, ano XXXV, 1984.

Moça deitada na grama. Rio de Janeiro: Record, 1987.

Autorretrato e outras crônicas. Seleção de Fernando Py. Rio de Janeiro: Record, 1989.

Quando é dia de futebol. Organização de Pedro Augusto Graña Drummond e Luis Mauricio Graña Drummond. Rio de Janeiro: Record, 2002.

Receita de Ano Novo. Organização de Pedro Augusto Graña Drummond e Luis Mauricio Graña Drummond. Ilustrações de Mariana Massarani. Rio de Janeiro: Record, 2008.

OBRA REUNIDA:

Obra completa. Estudo crítico de Emanuel de Moraes, fortuna crítica, cronologia e bibliografia. Rio de Janeiro: Nova Aguilar, 1964.

Poesia completa e prosa. Estudo crítico de Emanuel de Moraes, fortuna crítica, cronologia e bibliografia. Rio de Janeiro: Nova Aguilar, 1973.

Poesia e prosa. Estudo crítico de Emanuel de Moraes, fortuna crítica, cronologia e bibliografia. Rio de Janeiro: Nova Aguilar, 1979.

ENSAIO E CRÍTICA:

Confissões de Minas. Rio de Janeiro: Americ-Edit, 1944.

García Lorca e a cultura espanhola. Rio de Janeiro: Ateneu Garcia Lorca, 1946.

Passeios na ilha: divagações sobre a vida literária e outras matérias. Rio de Janeiro: Simões, 1952.

O observador no escritório. Rio de Janeiro: Record, 1985.

O avesso das coisas: aforismos. Ilustrações de Jimmy Scott. Rio de Janeiro: Record, 1987.

Conversa de livraria 1941 e 1948. Reunião de textos assinados sob os pseudônimos de O Observador Literário e Policarpo Quaresma, Neto. Porto Alegre: AGE; São Paulo: Giordano, 2000.

Amor nenhum dispensa uma gota de ácido: escritos de Carlos Drummond de Andrade sobre Machado de Assis. Organização de Hélio de Seixas Guimarães. São Paulo: Três Estrelas, 2019.

INFANTIL:

O pipoqueiro da esquina. Ilustrações de Ziraldo. Rio de Janeiro: Codecri, 1981.

História de dois amores. Ilustrações de Ziraldo. Rio de Janeiro: Record, 1985.

O sorvete e outras histórias. São Paulo: Ática, 1993.

A cor de cada um. Rio de Janeiro: Record, 1996.

A senha do mundo. Rio de Janeiro: Record, 1996.

Criança dagora é fogo. Rio de Janeiro: Record, 1996.

Vó caiu na piscina. Rio de Janeiro: Record, 1996.

Rick e a girafa. Ilustrações de Maria Eugênia. São Paulo: Ática, 2001.

Menino Drummond. Ilustrações de Angela Lago. São Paulo: Companhia das Letrinhas, 2021.

BIBLIOGRAFIA SOBRE CARLOS DRUMMOND DE ANDRADE
(SELETA)

ACHCAR, Francisco. *A rosa do povo & Claro enigma*: roteiro de leitura. São Paulo: Ática, 1993.

AGUILERA, Maria Veronica Silva Vilariño. *Carlos Drummond de Andrade*: a poética do cotidiano. Rio de Janeiro: Expressão e Cultura, 2002.

AMZALAK, José Luiz. *De Minas ao mundo vasto mundo*: do provinciano ao universal na poética de Carlos Drummond de Andrade. São Paulo: Navegar, 2003.

ANDRADE, Carlos Drummond; SARAIVA, Arnaldo (orgs.). *Uma pedra no meio do caminho*: biografia de um poema. Apresentação de Arnaldo Saraiva. Rio de Janeiro: Editora do Autor, 1967.

ARQUIVO-MUSEU DE LITERATURA BRASILEIRA. *Inventário do Arquivo Carlos Drummond de Andrade*. Apresentação de Eliane Vasconcelos. Rio de Janeiro: Fundação Casa de Rui Barbosa, 1998.

ARRIGUCCI JR., Davi. *Coração partido*: uma análise da poesia reflexiva de Drummond. São Paulo: Cosac Naify, 2002.

BARBOSA, Rita de Cássia. *Poemas eróticos de Carlos Drummond de Andrade*. São Paulo: Ática, 1987.

BISCHOF, Betina. *Razão da recusa*: um estudo da poesia de Carlos Drummond de Andrade. São Paulo: Nankin, 2005.

BOSI, Alfredo. *Três Leituras*: Machado, Drummond, Carpeaux. São Paulo: 34, 2017.

BRASIL, Assis. *Carlos Drummond de Andrade*: ensaio. Rio de Janeiro: Livros do Mundo Inteiro, 1971.

BRAYNER, Sônia (org.). *Carlos Drummond de Andrade*. Coleção Fortuna Crítica 1. Rio de Janeiro: Civilização Brasileira, 1977.

CAMILO, Vagner. *Drummond*: da rosa do povo à rosa das trevas. São Paulo: Ateliê, 2001.

CAMINHA, Edmílson. *Lutar com palavras*. Brasília: Thesaurus, 2001.

_____ (org.). *Drummond*: a lição do poeta. Teresina: Corisco, 2002.

CAMPOS, Haroldo de. *A máquina do mundo repensada*. São Paulo: Ateliê, 2000.

CAMPOS, Maria José. *Drummond e a memória do mundo*. Belo Horizonte: Anome Livros, 2010.

CANÇADO, José Maria. *Os sapatos de Orfeu*: biografia de Carlos Drummond de Andrade. São Paulo: Scritta, 1993.

CARVALHO, Leda Maria Lage. *O afeto em Drummond*: da família à humanidade. Itabira: Dom Bosco, 2007.

CHAVES, Rita. *Carlos Drummond de Andrade*. São Paulo: Scipione, 1993.

COÊLHO, Joaquim-Francisco. *Terra e família na poesia de Carlos Drummond de Andrade*. Belém: Universidade Federal do Pará, 1973.

CORREIA, Marlene de Castro. *Drummond*: a magia lúcida. Rio de Janeiro: Jorge Zahar, 2002.

COSTA, Francisca Alves Teles. *O constante diálogo na poesia de Carlos Drummond de Andrade*. Fortaleza: Secretaria de Cultura e Desporto, 1987.

COUTO, Ozório. *A mesa de Carlos Drummond de Andrade*. Ilustrações de Yara Tupynambá. Belo Horizonte: ADI Edições, 2011.

CRUZ, Domingos Gonzalez. *No meio do caminho tinha Itabira*: a presença de Itabira na obra de Carlos Drummond de Andrade. Rio de Janeiro: Achiamé; Calunga, 1980.

CUNHA, Maria Antonieta Antunes. *O discurso indireto livre em Carlos Drummond de Andrade*. Belo Horizonte: Imprensa Oficial, 1971.

_____. *Carlos Drummond de Andrade*. São Paulo: Moderna, 2006.

CURY, Maria Zilda Ferreira. *Horizontes modernistas*: o jovem Drummond e seu grupo em papel jornal. Belo Horizonte: Autêntica, 1998.

DALL'ALBA, Eduardo. *Drummond*: a construção do enigma. Caxias do Sul: EDUCS, 1998.

_____. *Noite e música na poesia de Carlos Drummond de Andrade*. Porto Alegre: AGE, 2003.

DIAS, Márcio Roberto Soares. *Da cidade ao mundo*: notas sobre o lirismo urbano de Carlos Drummond de Andrade. Vitória da Conquista: Edições UESB, 2006.

FERREIRA, Diva. *De Itabira... um poeta*. Itabira: Saitec Editoração, 2004.

GALDINO, Márcio da Rocha. *O cinéfilo anarquista*: Carlos Drummond de Andrade e o cinema. Belo Horizonte: BDMG, 1991.

GARCIA, Nice Seródio. *A criação lexical em Carlos Drummond de Andrade*. Rio de Janeiro: Rio, 1977.

GARCIA, Othon Moacyr. *Esfinge clara*: palavra-puxa-palavra em Carlos Drummond de Andrade. Rio de Janeiro: São José, 1955.

GLEDSON, John. *Poesia e poética de Carlos Drummond de Andrade*. Tradução do autor. São Paulo: Duas Cidades, 1982.

_____. *Influências e impasses: Drummond e alguns contemporâneos*. São Paulo: Companhia das Letras, 2003.

GUIMARÃES, Júlio Castañon. *Distribuição de papéis*: Murilo Mendes escreve a Carlos Drummond de Andrade e a Lúcio Cardoso. Rio de Janeiro: Fundação Casa de Rui Barbosa, 1996.

GUIMARÃES, Raquel Beatriz Junqueira. *Pedro Nava, leitor de Drummond*. Campinas: Pontes, 2002.

HOUAISS, Antonio. *Drummond mais seis poetas e um problema*. Rio de Janeiro: Imago, 1976.

INOJOSA, Joaquim. *Os Andrades e outros aspectos do Modernismo*. Rio de Janeiro: Civilização Brasileira, 1975.

KINSELLA, John. *Diálogo de conflito*: a poesia de Carlos Drummond de Andrade. Natal: Editora da UFRN, 1995.

LAUS, Lausimar. *O mistério do homem na obra de Drummond*. Rio de Janeiro: Tempo Brasileiro; Brasília: Instituto Nacional do Livro, 1978.

LIMA, Mirella Vieira. *Confidência mineira*: o amor na poesia de Carlos Drummond de Andrade. Campinas: Pontes; São Paulo: EDUSP, 1995.

LINHARES FILHO. *O amor e outros aspectos em Drummond*. Fortaleza: Editora UFC, 2002.

LOPES, Carlos Herculano. *O vestido*. São Paulo: Geração Editorial, 2004.

LUCAS, Fábio. *O poeta e a mídia*: Carlos Drummond de Andrade e João Cabral de Melo Neto. São Paulo: Senac, 2003.

MAIA, Maria Auxiliadora. *Viagem ao mundo* gauche *de Drummond*. Salvador: Edição da autora, 1984.

MALARD, Letícia. *No vasto mundo de Drummond*. Belo Horizonte: Editora UFMG, 2005.

MARIA, Luzia de. *Drummond*: um olhar amoroso. Rio de Janeiro: Léo Christiano Editorial, 1998.

MARQUES, Ivan. *Cenas de um modernismo de província*: Drummond e outros rapazes de Belo Horizonte. São Paulo: 34, 2011.

MARTINS, Hélcio. *A rima na poesia de Carlos Drummond de Andrade*. Introdução de Antonio Houaiss. Rio de Janeiro: José Olympio, 1968.

MARTINS, Maria Lúcia Milléo. *Duas artes*: Carlos Drummond de Andrade e Elizabeth Bishop. Belo Horizonte: Editora UFMG, 2006.

MELO, Tarso de; STERZI, Eduardo. *7 X 2 (Drummond em retrato)*. Santo André: Alpharrabio, 2002.

MERQUIOR, José Guilherme. *Verso universo em Drummond*. Tradução de Marly de Oliveira. Rio de Janeiro: José Olympio, 1975.

MICELI, Sergio. *Lira mensageira*: Drummond e o grupo modernista mineiro. São Paulo: Todavia, 2022.

MONTEIRO, Salvador; KAZ, Leonel (orgs.). *Drummond frente e verso*: fotobiografia de Carlos Drummond de Andrade. Rio de Janeiro: Alumbramento; Livroarte, 1989.

MORAES, Emanuel de. *Drummond rima Itabira mundo*. Rio de Janeiro: José Olympio, 1972.

MORAES, Lygia Marina. *Conheça o escritor brasileiro Carlos Drummond de Andrade*. Rio de Janeiro: Record, 1977.

MORAES NETO, Geneton. *O dossiê Drummond*. São Paulo: Globo, 1994.

MOTTA, Dilman Augusto. *A metalinguagem na poesia de Carlos Drummond de Andrade*. Rio de Janeiro: Presença, 1976.

NOGUEIRA, Lucila. *Ideologia e forma literária em Carlos Drummond de Andrade*. Recife: Fundarpe, 1990.

PY, Fernando. *Bibliografia comentada de Carlos Drummond de Andrade (1918-1930)*. Rio de Janeiro: José Olympio; Brasília: Instituto Nacional do Livro, 1980.

ROSA, Sérgio Ribeiro. *Pedra engastada no tempo*: ao cinquentenário do poema de Carlos Drummond de Andrade. Porto Alegre: Cultura Contemporânea, 1978.

SAID, Roberto. *A angústia da ação*: poesia e política em Drummond. Curitiba: Editora UFPR; Belo Horizonte: Editora UFMG, 2005.

SANT'ANNA, Affonso Romano de. *Drummond, o gauche no tempo*. Rio de Janeiro: Lia Editor; Instituto Nacional do Livro, 1972.

SANTIAGO, Silviano. *Carlos Drummond de Andrade*. Petrópolis: Vozes, 1976.

SANTOS, Vivaldo Andrade dos. *O trem do corpo*: estudo da poesia de Carlos Drummond de Andrade. São Paulo: Nankin, 2006.

SCHÜLER, Donaldo. *A dramaticidade na poesia de Drummond*. Porto Alegre: URGS, 1979.

SILVA, Sidimar. *A poeticidade na crônica de Drummond*. Goiânia: Kelps, 2007.

SIMON, Iumna Maria. *Drummond*: uma poética do risco. São Paulo: Ática, 1978.

SÜSSEKIND, Flora. *Cabral – Bandeira – Drummond*: alguma correspondência. Rio de Janeiro: Fundação Casa de Rui Barbosa, 1996.

SZKLO, Gilda Salem. *As flores do mal nos jardins de Itabira*: Baudelaire e Drummond. Rio de Janeiro: Agir, 1995.

TALARICO, Fernando Braga Franco. *História e poesia em Drummond*: A rosa do povo. Bauru: EDUSC, 2011.

TEIXEIRA, Jerônimo. *Drummond*. São Paulo: Abril, 2003.

_____. *Drummond cordial*. São Paulo: Nankin, 2005.

TELES, Gilberto Mendonça. *Drummond*: a estilística da repetição. Prefácio de Othon Moacyr Garcia. Rio de Janeiro: José Olympio, 1970.

VASCONCELLOS, Eliane. *O Arquivo-Museu de Literatura Brasileira*: um sonho drummondiano. Rio de Janeiro: Fundação Casa de Rui Barbosa, 2002.

VIANA, Carlos Augusto. *Drummond*: a insone arquitetura. Fortaleza: Editora UFC, 2003.

VIEIRA, Regina Souza. *Boitempo*: autobiografia e memória em Carlos Drummond de Andrade. Rio de Janeiro: Presença, 1992.

VILLAÇA, Alcides. *Passos de Drummond*. São Paulo: Cosac Naify, 2006.

WALTY, Ivete Lara Camargos; CURY, Maria Zilda Ferreira (orgs.). *Drummond*: poesia e experiência. Belo Horizonte: Autêntica, 2002.

WISNIK, José Miguel. *Maquinação do mundo*: Drummond e a mineração. São Paulo: Companhia das Letras, 2018.

YUNES, Eliana; BINGEMER, Maria Clara L. (orgs.). *Murilo, Cecília e Drummond*: 100 anos com Deus na poesia brasileira. São Paulo: Loyola, 2004.

ÍNDICE DE PRIMEIROS VERSOS

A arte completa, 96
A casa de Maria é alta, 129
A mesa em que Rodrigo trabalhava, 91
A minha casa pobre é rica de quimera, 69
A mó da morte mói, 63
A morte não, 65
À tona do mundo irrompem, 108
Acorda, Maria, é dia, 56
Ainda que mal pergunte, 46
Amor é privilégio de maduros, 43
Ao termo da espiral, 122
Bandeira de uma república visionária, 85
Bem te vi, bem-te-vi, 127
Brasil:, 109
Cinquenta anos: espelho d'água ou névoa? Tudo límpido, 93
Como a vida muda, 40
Desabava, 61
Deus é triste, 68
É certo que me repito, 29
E tudo que eu pensei, 37
Eis-me prostrado a vossos peses, 9
Em Vila Rosali Noel Nutels repousa, 98

Esta paisagem? Não existe. Existe espaço, 47

Estão demolindo, 30

Fayga faz a forma, 106

Jack London   Vachel Lindsay   Hart Crane, 90

Mas era apenas isso, 38

Melodiosas mulheres movem-se, 104

Meu caro Luís, que vens fazer nesta hora, 88

Minas Gerais, 112

Minas não é palavra montanhosa, 118

No hipersupermercado aberto de detritos, 119

O carro do sol passeia rodas de incêndio, 124

O homem, bicho da Terra tão pequeno, 26

O mar entra no living, 120

O Museu de Erros passeia pelo mundo, 49

O tempo era bom? Não era, 39

O único assunto é Deus, 66

Peço desculpa de ser, 32

Quando digo "meu Deus", 67

Quando é que sai o pagamento?, 51

Quero que todos os dias do ano, 44

Tarsila, 101

Tempo, 14

Um acabar seco, sem eco, 64

Um silêncio tão perfeito, 62

Vênus de calça comprida é, 125

"Você não está mais na idade, 36

Este livro foi composto na tipografia
Arno Pro, em corpo 11/14, e impresso em
papel off-white no Sistema Digital Instant Duplex
da Divisão Gráfica da Distribuidora Record.